Christine Nöstlinger wurde am 13. Oktober 1936 in Wien geboren und wuchs im Arbeitermilieu der Wiener Vorstadt auf. Nach dem Abitur studierte sie zunächst Gebrauchsgrafik, bevor sie sich der Schriftstellerei zuwandte und 1970 ihr erstes Kinderbuch veröffentlichte, das auf Anhieb ein Erfolg wurde. Seitdem sind mehr als hundert Bilder-, Kinder- und Jugendbücher von ihr erschienen, von denen viele in andere Sprachen übersetzt und mit bedeutenden Preisen ausgezeichnet wurden. Für ihr Gesamtwerk erhielt Christine Nöstlinger, die neben ihrer Tätigkeit als Kinder- und Jugendbuchautorin auch für Presse, Funk und Fernsehen arbeitet, den Internationalen Jugendbuchpreis, die Hans-Christian-Andersen-Medaille. Ebenfalls für ihr Gesamtwerk erhielt sie 2003 den hoch dotierten Astrid-Lindgren-Gedächtnispreis.

Christine Nöstlinger

Lillis Supercoup

Oetinger Taschenbuch

Außerdem bei Oetinger Taschenbuch erschienen:

Konrad oder das Kind aus der Konservenbüchse
Gretchen Sackmeier (Sammelband)
Als mein Vater die Mutter der Anna Lachs heiraten wollte

MIX
Papier aus verantwortungsvollen Quellen
FSC® C014496
FSC
www.fsc.org

1. Auflage 2017
Oetinger Taschenbuch in der Verlag Friedrich Oetinger GmbH,
Poppenbütteler Chaussee 53, 22397 Hamburg
September 2017

Titelbild: Eva Schöffmann-Davidov
Druck: GGP Media GmbH,
Karl-Marx-Straße 24, 07381 Pößneck, Deutschland
ISBN 978-3-8415-0471-5

www.oetinger-taschenbuch.de

Inhalt

1. Kapitel
in welchem Lilli Leitermeier, mein astrologischer Zwilling, einer günstigen Gelegenheit einfach nicht widerstehen kann.
9

2. Kapitel
in welchem Armin Meier vermutlich seinem Schutzengel dankt und mich ein wunderschöner Vielfraß unverzeihlich geschwätzig werden lässt.
22

3. Kapitel
in welchem zuerst für Lilli die Kacke am Dampfen ist, aber Lilli wieder einmal das Beste aus einer miesen Lage macht.
35

4. Kapitel
in welchem Lilli ihren innigst geliebten Papa nicht enttäuschen will und ansonsten alles seinen friedlichen Lauf nimmt.
50

5. Kapitel
in welchem sich Oma Gretls Lieblingssprichwort, nämlich dass man den Tag nicht vor dem Abend loben sollte, leider als grundrichtig erweist.
65

6. Kapitel
in welchem sich die Tage bis zum Schulschluss wie Kaugummi ziehen und Lillis Mama eine grauenhafte Idee hat, gegen die mein Papa Einspruch erhebt.
77

7. Kapitel
in welchem ich eine erstaunliche Begabung zur Nachhilfelehrerin entwickle und mein Papa zum Charmebolzen wird, was meine Mama irritiert.
94

8. Kapitel
in welchem wir nach Genua flitzen und zwischen meinen Eltern Zwist über die Grenzen »der Solidarität mit den Mittellosen« ausbricht.
108

9. Kapitel
in welchem wir endlich unser tolles Ferienhaus beziehen und Lillis Eltern schön langsam etwas »dämmert«.
124

10. Kapitel
in welchem mir der Armin irgendwie ans Herz wächst und der Urlaub, bis auf 55 Kakteenstacheln, relativ problemlos vor sich hin dümpelt.
137

11. Kapitel
in welchem der Urlaub zu Ende geht, es zwischen meinen Eltern kriselt, sich Lilli die Wirklichkeit zurechtbiegt und Armin ins Meer pustet.
150

12. Kapitel
in welchem wir Sardinien verlassen, sich Lilli weiterhin als Marcels Freundin sieht und meine Mama eine folgenschwere »Eingebung« hat.
162

13. Kapitel
in welchem meine Mama und Angie Armin überreden und mir Lilli die Freundschaft aufkündigt, weil ich nicht auf den Rat meines klugen Papas höre.
177

14. Kapitel
in welchem Armin beim Feiern seine Mama vergisst und ich mich bereit erkläre, beim Briefschreiben zu helfen.
191

15. Kapitel
in welchem ich Angst um Armins Seelenheil habe und keine andere Lösung dafür sehe, als einen diskreten Plan zu entwickeln.
205

1. Kapitel

in welchem Lilli Leitermeier, mein astrologischer Zwilling, einer günstigen Gelegenheit einfach nicht widerstehen kann.

Lilli Leitermeier und ich kamen vor fast dreizehn Jahren am selben Morgen um sieben Uhr siebzehn im Geburtshaus Nussdorf auf die Welt. Unsere Mamas kannten sich bereits von der Schwangerschaftsgymnastik her und konnten einander sehr gut leiden. Sie fanden es klarerweise total aufregend, »astrologische Zwillinge« geboren zu haben; weil es ja fast nie vorkommt, dass so etwas zwei Frauen passiert, die sich gut kennen. Und stockvernünftig, wie unsere beiden Mamas sind, beschlossen sie noch im Geburtshaus, sich die künftige Betreuung ihrer Babys zu teilen.

Montag, Mittwoch und Freitag war also dann meine Mama für Lilli und mich zuständig, Dienstag, Donnerstag und Samstag übernahm uns Lillis Mama. Am Sonntag kümmerten sich die Papas um uns. Jeder Papa um die eigene Tochter. So hatten unsere Mamas vier babyfreie Tage pro Woche, an denen sie arbeiten konnten. Meine Mama in der Werbeagentur, Lillis Mama in der Steuerberaterkanzlei. Bis zu unserem zweiten Geburtstag ging das so, dann kamen wir von Montag bis Freitag zur Hannelore, weil beide Mamas die Babypause für beendet erklärten. Sie wollten wieder »Vollzeit« arbeiten.

Die Hannelore ist eine hauptberufliche Tagesmutter. Acht Jahre waren Lilli und ich bei ihr. Zuerst den ganzen Tag, von acht bis achtzehn Uhr, manchmal auch länger, wenn die Mamas Überstunden machten und auch die Papas keine Zeit hatten, uns abzuholen. Später, als wir in die Volksschule gingen, waren wir nur am Nachmittag bei der Hannelore. Hin und wieder, wenn unsere Eltern am Abend ausgingen, übernachteten wir auch bei ihr.

Seit zweieinviertel Jahren sind wir nun in einem Gymnasium mit »Nachmittagsbetreuung«. Wir wären lieber weiterhin nach der Schule zur Hannelore gegangen, weil die Hannelore haben wir echt gern gehabt, aber unsere Mamas waren dagegen. Bei dem Radau, den drei kleine Tageskinder machen, haben sie uns erklärt, könnten wir uns schlecht aufs Lernen konzentrieren, und die Hannelore könnte uns auch nicht wirklich bei den Hausaufgaben helfen, weil sie dafür nicht genug Bildung hat. Außerdem kostet die Nachmittagsbetreuung, inklusive dem miesem Fraß, den man zu Mittag in der Schule bekommt, viel weniger, als die Hannelore verlangt hat. Unsere Mamas behaupteten zwar, »die Kostenfrage« spiele keine Rolle, aber das können sie der Frau Blaschek erzählen! Seit geraumer Zeit leben die beiden Damen nämlich nach dem Motto: Geiz ist geil! Weil sie sich einen Traum verwirklichen wollen, der sehr viel Geld kostet. Ein altes Bauernhaus im Burgenland wollen sie kaufen und supertoll renovieren. Eines, das so groß ist, dass es für zwei Kleinfamilien und dazu noch ein paar gute Freunde als

Ferien- und Wochenenddomizil reicht. Mein Papa, glaube ich, hält von einem Bauernhaus im Burgenland nicht viel. Aber bei uns daheim wird meistens gemacht, was meine Mama will. Und bei der Lilli daheim ist es nicht anders.

Angefangen hat mein Problem mit Lilli – oder ihres mit mir? – vor gut einem halben Jahr. In einer Mathestunde, ein paar Wochen vor den großen Ferien. Wir schrieben die letzte Klassenarbeit des Jahres, und Lilli war – wie üblich – bereits fünfzehn Minuten vor dem Ende der Stunde mit allen vier Aufgaben fertig. Sie klappte ihr Heft zu, lehnte sich zurück, stopfte sich den Kaugummifladen, den sie hinter dem linken Ohr geparkt hatte, in den Mund, verschränkte die Arme über der Brust, linste Kaugummi kauend zur Deckenlampe rauf und gähnte dezent.

Wir anderen rechneten noch vor uns hin, und Armin, der hinter mir saß, röchelte und schnaufte vor Anstrengung gottserbärmlich und stank. War er aufgeregt, schwitzte er, und sein Schweiß roch nach überreifem Münsterkäse. Meistens merkte man das nur, wenn man ihm zu nahe kam, doch diesmal waberte diese Münsterzumutung bis zu mir. Für Armin ging es nämlich um die Wurst! Er brauchte unbedingt ein Genügend, um ins Zeugnis kein Nichtgenügend zu bekommen.

Ich fing gerade die letzte Rechenaufgabe an, da sagte die Dr. Bär, unsere Mathelehrerin: »Leitermeier, wäre es nicht angebracht, deine Arbeit in der verbleibenden Zeit auf etwaige Fehler hin zu kontrollieren?«

Lilli schaute zum Lehrertisch zur dort thronenden Dr. Bär und sagte: »Nicht nötig.«

Die Dr. Bär hievte ihre hundert Kilo Lebendgewicht vom Lehrersessel hoch, trippelte auf das Pult von Lilli und mir zu und quengelte dabei sichelmündig: »Leitermeier, musst du unbedingt vor deinen Klassenkollegen unsolidarisch deine Überlegenheit demonstrieren?«

Lilli glotzte die näher kommende Dr. Bär verblüfft an und zischelte mir zu: »Wieso bin ich unsolidarisch? Ist die Tanzbärin jetzt schon komplett gaga?« (Den Spitznamen hat die Dr. Bär übrigens deswegen, weil sie mit ihren Dickfüßchen immer so kleine Schrittchen macht und herumtänzelt, wenn sie an der Tafel steht und uns etwas vorrechnet.)

Die Dr. Bär machte dicht vor unserem Pult Halt. »Was passt Ihnen denn jetzt schon wieder nicht an mir? Ich tu doch überhaupt nichts!«, rief Lilli empört zu ihr hoch.

Worauf sich die Dr. Bär zu Lilli runterbeugte und fragte: »Würde es dir gefallen, wenn du sehen müsstest, wie sich jemand genüsslich zurücklehnt, während du selbst noch Probleme mit dem Lösen der Aufgaben hast?«

Lilli zog ein Papiertaschentuch aus der Pultlade und wischte damit über den dunkelblauen Heftdeckel. Den hatte die feuchte Aussprache der Dr. Bär mit Spuckebläschen gesprenkelt.

»Und wie soll ich mich solidarisch verhalten?«, fragte sie, mit einer Hand wischend, mit der anderen auf mich deutend. »Wenn ich der Marlen solidarisch die letzte Gleichung ansage, passt Ihnen das doch sicher auch nicht. Oder?«

»Spare dir solch inferiore Bemerkungen!«, keifte die Dr. Bär.

Lilli knüllte das Taschentuch zusammen, stopfte es ins Pultfach, blickte mit Unschuldsaugen zur Dr. Bär hoch und fragte: »Bitte, was heißt in-fee-riii-ooor?«

»Raus mit dir! Verlasse sofort die Klasse«, rief die Dr. Bär und grapschte sich Lillis Heft. »Du störst die anderen bloß beim Arbeiten!«

»Aber gern«, murmelte Lilli, nahm ihr Englischheft aus dem Pultfach, klemmte einen Kugelschreiber dran und ging langsam und kopfschüttelnd aus der Klasse.

Die Dr. Bär mag Lilli einfach nicht. Was irgendwie sonderbar ist, denn normalerweise mögen Lehrer eine Schülerin, die in ihrem Fach Klassenbeste ist, doch sehr gern. Ich vermute, die Dr. Bär ist auf Lilli böse, weil sie mitgekriegt hat, dass Lilli in den Pausen manchmal viel bejubelte Tanzbärinimitationen hinlegt. Da stopft sie sich zwei Rucksäcke unter die Klamotten, einen als Fettpo und einen als Fettbauch, und dann kritzelt sie windschiefe Zahlen und Buchstaben an die Tafel und wischt dran rum und bessert aus und wischt wieder und bessert aus und jammert mit Tanzbärinstimme: »Da hat sich wohl ein kleines Fehlerteufelchen eingeschlichen!«

Die Dr. Bär verrechnet sich an der Tafel nämlich ziemlich oft und wird beim Fehlersuchen total nervös und werkt so lange mit dem klatschnassen Tafelfetzen herum, bis kein Schwein mehr erkennt, was auf der Tafel steht, und in der Klasse die allgemeine Ratlosigkeit ausbricht.

In der Pause nach der Mathearbeit, es war die Fünfzehn-Minuten-Pause, verglich ich zuerst meine Ergebnisse mit den anderen, die meine Gruppe gehabt hatten, und freute mich, dass ich anscheinend drei von den vier Aufgaben völlig richtig hatte, dann versuchte ich den Armin ein bisschen zu trösten. Der war dem Heulen nahe, weil er sich sicher war, keine einzige Aufgabe richtig hingekriegt zu haben.

»Jetzt krieg ich eine Nachprüfung im Herbst«, sagte er mit Zitterstimme. »Und die schaff ich doch auch nicht. Und dann muss ich in die Hauptschule gehen, weil mein Papa kein Geld für Nachhilfestunden, die nichts nützen, rauswerfen will. Und meine Mama kein Geld dafür hat. Aber ich will nicht von euch weg, ich will bei euch bleiben.«

Warum der Armin nicht von uns wegwollte, war mir ein echtes Rätsel. Niemand in der Klasse mochte ihn so richtig, keinen einzigen Freund hatte er. Eine Freundin schon gar keine! Er war durch und durch ein öder Langweiler. Unsportlich, witzlos, mindestens zehn Kilo übergewichtig und senk-spreiz-plattfüßig, zudem hat er Henkelohren, einen leichten Silberblick, Hasenzähne, Sommersprossen und statt einer richtigen Nase einen radieschengroßen Knopf. Niemand wollte neben ihm sitzen, der zweite Platz an seinem Pult fand keinen Abnehmer. Nie wurde er von jemandem aus der Klasse zu einer Party eingeladen. Wenn beim Sport die Mannschaften gewählt wurden, blieb er immer als Letzter übrig. An den Wandertagen latschte er als Schlusslicht hinterher, keiner gab ihm das Poesiealbum zur gereimten Verewigung, und ob er fehlte oder in der Klasse anwesend war, interessierte niemanden. Und wäre er nicht hinter mir gesessen, hätte ich ihn auch garantiert nicht zu trösten versucht. Aber so ein grauslicher Unmensch, dass ich Tränen-Rotz-Geschniefe dicht an meinem Genick einfach ignorieren kann, bin ich auch wieder nicht. Dabei hätte ich es genauso gut ignorieren können und mich dem schweißigen Münsterodeur nicht hautnah aussetzen müssen, denn Trost für Armin habe ich sowieso keinen gewusst. Und ihn zu fragen, warum er nicht von uns wegwill, wäre mir zu unhöflich erschienen.

Jedenfalls hörte ich mir das verzweifelte Gebrabbel vom Armin an, bis die Mausi, unsere Englischlehrerin, in die Klasse kam. Da erst fiel mir auf, dass Lilli noch immer nicht zurückgekommen war. Der Mausi fiel es natürlich auch auf. Und mit der Mausi ist diesbezüglich eh nicht gut Kirschen essen. Die hat es überhaupt nicht gern, wenn man zu spät in ihrer Stunde erscheint. Wer erst nach ihr die Klasse betritt, kann mit einer spontanen Vokabelprüfung rechnen. Und da Lilli in Englisch eine gewaltige Niete ist und von den neuen Vokabeln garantiert keine einzige hätte übersetzen können, meldete ich mich und log: »Bitte, Frau Professor, die Lilli Leitermeier hat ganz dringend aufs Klo gehen müssen. Ihr war plötzlich mulmig im Bauch.«

Kaum hatte ich es gesagt, ging die Klassentür auf und Lilli kam herein. Ich räusperte mich, um Lilli auf mich aufmerksam zu machen, legte beide Hände auf meinen Magen und verzog leidend das Gesicht. Lilli kapierte, verzog auch leidend das Gesicht und sagte, während sie zu unserem Pult ging: »Bitte, ich habe leider ein bisschen kotzen müssen!« Dann ließ sie sich leise stöhnend auf ihren Sessel plumpsen.

Alle Kinder in der Klasse – außer mir natürlich – nahmen ihr die schreckliche Kotzübelkeit ab und schauten mitleidig zu unserem Pult. Und die Englisch-Mausi war von Lillis Leidensmiene derart beeindruckt, dass sie fragte, ob sich Lilli vielleicht im Schularztzimmer zur Leibesentspannung ein Stündchen auf das Ruhebett legen will. Oder ob sie sich nicht wenigstens im Sekretariat von der Frau Brunner, unserer Schulsekretärin, eine Portion Baldriantropfen verabreichen lassen will. Baldriantropfen sind nämlich unser Schulallheilmittel. Egal ob man Bauchweh, Kopfweh oder sonst ein Weh hat, sie werden einem angeboten.

Lilli lehnte beides heldenhaft ab. »Danke, es geht ohnehin schon wieder«, hauchte sie in Richtung Englisch-Mausi. Und mir flüsterte sie zu: »Wenn ich dir erzähle, was ich gerade getan habe, bist du platt.«

In der Pause nach der Englischstunde wollte ich natürlich, dass mir Lilli Bericht erstattet. Aber sie flüsterte geheimnisvoll: »Nicht jetzt, Marlen. Zu Mittag erzähle ich dir dann alles. Ich kann echt nicht riskieren, dass uns jemand belauscht. Sonst bin ich nämlich dran!«

Nach einem grausigen Mittagessen, pampige Tomatensuppe mit Reis und staubtrockenen Grießschmarrn mit picksüßem Apfelkompott hatte es gegeben, ging ich mit Lilli in den Schulhof raus. Wir setzten uns auf das niedrige Mäuerchen beim Fahrradabstellplatz, wo sich untertags keine Menschenseele aufhält, und ich forderte ungeduldig: »Jetzt schieß aber endlich los, Lilli, mach es nicht gar so spannend!«

»Ich hab einen echten Coup gelandet«, sagte Lilli, von

einem Ohr bis zum anderen grinsend. »Wirklich schade, dass alles geheim bleiben muss. Weil dafür würde mir das Verdienstkreuz erster Klasse in Platin mit Diamanten gebühren.«

Und dann erzählte mir Lilli, was sie getan hatte, und ich war, wie von ihr vorausgesagt, platt. Platter als platt sogar, denn was sich Lilli da geleistet hatte, war sagenhaft! Würde es tatsächlich ein Verdienstkreuz für unverfrorene Schülerfrechheit geben, wäre Lilli zumindest eine aussichtsreiche Kandidatin dafür gewesen.

Folgendes war geschehen: Lilli, von der Dr. Bär rausgeworfen, geht den Flur runter, zum Treppenhaus. Weil dort, gegenüber der Treppe, ein Fenster mit einem breiten Fensterbrett ist, auf dem man bequem sitzen kann. Sie setzt sich aufs Fensterbrett und macht ihre Englischhausaufgaben fertig. Lilli macht Hausaufgaben meistens erst in der Pause vor der Stunde, für die sie sie braucht, fertig. Dann ratscht die Pausenglocke die Schulstunde aus, und gleich danach kommt die Tanzbärin, von unserer Klasse her, zur Treppe. In den Armen hält sie den Stapel Mathehefte. Das oberste Heft ist das von Armin, weil er seine Arbeit als Letzter abgegeben hat. Lilli erkennt das Heft gleich, denn nur Armin hat sein blaues Matheheft in einen quietschgrünen Plastikschutzumschlag gesteckt, allen anderen war das zu viel des Aufwands. Die Tanzbärin erklimmt die Treppe. Auf dem Treppenabsatz im Halbstock ist sie, da saust ein stämmiger Knabe wie der geölte Kugelblitz die Treppe runter und prallt ungebremst auf die üppige Vorderfront der Dr. Bär. Ein entsetzter Empörungsschrei entringt sich der bärschen

Brust, der Heftestapel entgleitet den bärschen Armen, und alle Hefte – bis auf eines – kommen rund um die Gesundheitslatschen der Dr. Bär zu liegen. Eines, das mit dem quietschgrünen Plastikschutzumschlag, flutscht die Stufen runter und landet unter Lillis baumelnden Beinen. Quietschgrünes Plastik ist eben gleitfähiger als blauer Karton! Der stämmige Knabe stammelt zerknirscht Entschuldigungen, sammelt hurtig die verstreuten Hefte ein und überreicht sie der Dr. Bär. Die keift noch schnell eine Rüge, dann stampft sie, unwillig murmelnd, weiter treppauf. Dass ihr ein Heft fehlt, hat sie nicht gemerkt.

Lilli steigt vom Fensterbrett, greift nach dem quietschgrünen Heft und denkt sich: Jetzt kann ich der fiesen, ungerechten Tanzbärin auch noch das Heft vom Armin nachtragen! Aber dann denkt sie sich: Warum eigentlich? Ist doch ihre Schuld, wenn sie nicht merkt, dass ihr ein Heft fehlt. Hätte sie halt nachgezählt! Und schließlich denkt sie sich: Das ist die gerechte Strafe! Ein Lehrer, der ein Heft verschlampt, kriegt Probleme, und wenn es um ein Klassenarbeitsheft geht, kriegt er besonders große Probleme! Zuerst hat Lilli vor, das quietschgrüne Heft einfach hinter den Heizkörper unter dem Fenster verschwinden zu lassen. Der Heizkörper reicht bis zum Boden, und dass unser Schulwart dem schmalen Spalt zwischen Heizkörper und Wand seine säubernde Aufmerksamkeit schenken könnte, ist ziemlich ausgeschlossen. Der kehrt ja nicht einmal die Fußböden. Doch dann fällt Lilli ein, dass Armin möglicherweise und ganz wider Erwarten diesmal genug Punkte für ein Genügend zusammengebracht haben könnte. Wenn das so wäre, sagt sie sich, müsste sie leider ihre gerechte Strafe bleiben lassen. So unsympathisch ihr der Kerl auch ist, dass er wegen ihr eine Nachprüfung bekommt, will sie denn doch nicht. Also geht sie flugs aufs Mädchen-WC, schließt sich in eines der Kabäuschen ein und schaut nach, was der Armin geschafft hat. Fünfzehn Punkte, schätzt sie, könnte man ihm bei Nachsicht aller Taxen geben. Aber zwanzig Punkte sind mindestens für ein Genügend nötig. Und wie sie sich die Rechnerei vom Armin im Detail so anschaut, kommt ihr eine tolle Idee. Lilli neigt nämlich seit eh und je dazu, Unerlaubtes und Verbotenes zu tun. Auch wenn es ihr gar nichts bringt. Sie hat einfach Lust dazu, falls sich eine »günstige Gelegenheit« ergibt. Und aus dem quietschgrünen Heft springt ihr diese »günstige Gelegenheit« direkt ins Auge. Da muss man, sagt sie sich, bloß aus etlichen Minussen Plusse machen und über etliche Plusse minus schreiben und ein paar Zahlen durchstreichen und die richtigen Zahlen drüberschreiben und ein paar as zu bs ausbessern, und ein paar bs zu as machen, und schon sind zwei Aufgaben völlig richtig und zwanzig Punkte sicher, und das Genügend ist garantiert.

Also setzt Lilli ihre tolle Idee in die Tat um, wobei zum Glück ihr Kugelschreiber den gleichen Farbton hat wie der von Armin, und gerade wie die Schulglocke die Pause ausratscht, ist sie mit der »Verbesserung« fertig und verlässt das WC. Eigentlich hat sie bloß vor, das Heft wieder dorthin zu legen, wo es nach dem Rutsch über die Treppe gelandet ist. Was dann mit ihm passiert, sagt sie sich, ist nicht mehr ihre Sache. Aber gerade wie sie das

Heft vor dem Fenster deponieren will, keucht ein Mann vom Schultor her aufs Treppenhaus zu. Er trägt ein großes Tablett mit Sandwiches drauf und fragt atemlos: »Wo ist denn hier das Lehrerzimmer?«

Lilli deutet nach oben und sagt, das ist im zweiten Stock, da muss er zuerst ins Sekretariat rein und da ist links im Sekretariat eine Tür, dahinter ist das Lehrerzimmer. Der Mann schnauft, dass er in zweiter Spur parkt, gleichzeitig fängt vor der Schule ein irres Hupkonzert an, und da hat Lilli wieder eine tolle Idee. Sie fragt den Mann, ob er bloß liefert oder auch kassieren muss, und er antwortet, dass er bloß liefert, bezahlt ist schon, und Lilli sagt freundlich: »Dann trag ich halt das Essen rauf, damit Sie wegfahren können.«

Der Mann sagt »Danke, das ist wirklich lieb von dir, da ersparst du mir viel Ärger«, überreicht Lilli das Sandwichtablett und wieselt dem Schultor zu. Lilli deponiert Englischheft und Kugelschreiber auf dem Fensterbrett, dann jappelt sie in den zweiten Stock rauf, das quietschgrüne Heft unter dem Sandwichtablett. Weil es ein schwülheißer Tag ist, steht – von wegen kühlendem Durchzug – die Tür zum Sekretariat sperrangelweit offen, die Tür vom Lehrerzimmer auch. Lilli sagt zur Frau Brunner: »Ich soll die Sandwiches abliefern«, und geht ins Lehrerzimmer. Kein einziger Lehrer ist drin. Es hat ja längst geläutet. Alle Lehrer sind schon in die Klassen gegangen. So viel saumäßiges Glück zu haben, ist direkt unheimlich, denkt Lilli und schaut sich suchend um. Lang muss sie nicht suchen. Der Heftestapel liegt auf dem großen Tisch, beim Platz der Dr. Bär.

»Stell das Tablett auf den großen Tisch!«, ruft die Frau Brunner hinter ihr her. »Aber nicht grad dorthin, wo die Sonne draufscheint!«

»Mach ich«, ruft Lilli zur Frau Brunner raus, stellt das Tablett ab, zieht das quietschgrüne Heft drunter hervor, flitzt zum Heftestapel, legt das quietschgrüne Heft obendrauf, überlegt es sich anders und schiebt es mitten in den Stapel. Dann marschiert sie aus dem Lehrerzimmer, durch das Sekretariat, auf den Flur hinaus, springt die Treppe runter, nimmt ihr Englischheft und ihren Kugelschreiber vom Fensterbrett und kehrt in unsere Klasse zurück.

»Ist das vielleicht keine reife Leistung und eines Verdienstordens würdig?«, fragte mich Lilli, als sie fertig berichtet hatte. Ich nickte. Ich nickte meistens zu dem, was Lilli sagte. Und ich widersprach selten. Nicht, dass ich mich nicht getraut hätte. Aber irgendwie fand ich seit Babytagen so ziemlich alles, was Lilli tat, super.

»Blöd ist nur«, meinte Lilli, »dass ich damit ausgerechnet dem Armin, diesem dumpfen Kotzbrocken, geholfen habe! Hätte nicht das Heft von der Rosi über die Treppe flutschen können? Die Rosi steht auch zwischen Genügend und Nichtgenügend, und um die täte es mir Leid, wenn sie im nächsten Jahr nicht mehr bei uns wäre!«

2. Kapitel

in welchem Armin Meier vermutlich seinem Schutzengel dankt und mich ein wunderschöner Vielfraß unverzeihlich geschwätzig werden lässt.

Üblicherweise brauchte die Dr. Bär eine knappe Woche zum Korrigieren der Mathehefte, und da wir die Arbeit am Montag geschrieben hatten, war für Freitag mit der Rückgabe der Hefte zu rechnen. Lilli konnte den Freitag kaum erwarten, richtig aufgeregt war sie. Wenn es um ihre eigenen Noten ging, war sie nie so aufgeregt. Jeden Tag überlegte sie, ob ihr »Supercoup« auch wirklich erfolgreich gewesen war.

»Hoffentlich habe ich nicht allzu viel herumgeschmiert, und die blöde Tanzbärin behauptet, dass sie das Geschmiere nicht lesen konnte«, sagte sie. Oder: »Vielleicht merkt sie, dass mein Kugelschreiber ein bisschen dicker schreibt als der vom Armin, und merkt, dass da auch noch jemand anderer zugange gewesen ist.« Oder sie sagte: »Der gemeinen Person traue ich glatt zu, dass sie mehrmals Durchgestrichenes für unzumutbar hält und einfach nicht gelten lässt, nur weil sie gern wen durchfallen lässt.«

Und ich sagte geduldig jeden Tag drauf: »Wieso ist dir das so wichtig? Ist dir doch schnurzpiepegal, ob die 15-Watt-Leuchte durchfällt oder nicht. Stört dich doch kein bisschen, wenn der Armin nicht mehr zu uns nach vorne stinken kann. Und dass die Dr. Bär dahinter kommt, dass du in seinem Heft emsig zugange gewesen bist, ist doch ziemlich ausgeschlossen. Oder?«

Worauf sie mir jedes Mal erklärte, dass sie ihren Supercoup so toll gelandet hat, dass niemand dahinter kommen kann. Aber es wäre einfach voll cool, wenn exakt hinhaut, was man geplant hat. Und dass sie es besonders schick findet, wenn sie so eine Grausperson wie die Tanzbärin austricksen kann. Und dass ich das halt leider nicht verstehe, weil ich im Gegensatz zu ihr im Grunde genommen ein Tugendbolzen bin und kein bisschen »kriminelle Energie« besitze. Und dass man daran einwandfrei erkennen könne, welch sagenhafter Blödsinn die Astrologie ist, sagte sie auch. Weil »astrologische Zwillinge« müssten ja, wenn man an die Sterne und ihren Einfluss auf die Menschen glaubt, wenigstens halbwegs ähnliche Eigenschaften haben und sich nicht wie Sonne und Mond und wie Tag und Nacht unterscheiden! Dass sich Lilli in diesem Vergleich als strahlende Sonne und hellen Tag sah und mir den fahlen Mond und die dustere Nacht zudachte, war mir klar, aber es störte mich nicht. So ist Lilli nun mal, sagte ich mir. Und wenn man sie gern hat, muss man aushalten, dass sie von sich selbst schwer begeistert ist.

Am Freitag stampfte die Dr. Bär dann – ganz wie erwartet – mit dem Matheheftestapel in die Klasse. Die gute Frau pflegt die Hefte stets der Benotung nach, absteigend, zu stapeln. Zuoberst liegen die Sehrgut, zuunterst die Nichtgenügend.

»Geritzt!«, raunte mir Lilli zu und wamste mir vergnügt einen Ellbogen zwischen die Rippen, als die Dr. Bär den Heftestapel auf den Lehrertisch gewummert hatte. Zwischen den mattblauen Heftrücken blitzte ein quietschgrüner Streifen. Im mittleren Drittel vom Stapel blitzte er. Und Armin, hinter uns, stieß einen urlauten Seufzer aus, der sich echt schaurig anhörte. Als ob ihm jemand mit roher Gewalt alle Atemluft aus der Brust pressen würde.

Ich drehte mich erschrocken zu ihm. Maul offen, mit weit aufgerissenen Kulleraugen und hochrot vom Haaransatz bis zum Halsloch vom T-Shirt saß der komische Kerl da. Dann stammelte er: »Mein – mein Heft – ist gar nicht das – das – unterste.«

Schau einmal an, dachte ich mir verblüfft. Der Knabe hat sein Heft nur deswegen quietschgrün bemäntelt, damit er gleich erkennen kann, ob er sich wieder ein Nichtgenügend eingehandelt hat, und nicht qualvoll warten muss, bis er endlich an der Reihe ist. Und ich habe ihn für einen überpingeligen Ordnungsgeier gehalten!

Bevor ich mich wieder zurückdrehte und meine ungeteilte Aufmerksamkeit der Dr. Bär zuwandte, sagte ich scheinheilig: »Na siehst du, Armin, ich habe es dir ja gleich gesagt!« Weil ich, als ich ihn am Montag zu trösten versucht hatte, irgendetwas von kannst-ja-noch-nicht-wissen-ob's-ein-Fleck-wird gefaselt hatte.

Lillis Arbeit war natürlich wieder die beste von allen. Aber mehr als »Leitermeier wie immer« brachte die Dr. Bär bei der Heftübergabe an Lob für Lilli nicht zuwege. Lilli nahm es gelassen grinsend zur Kenntnis, sie war ja schon daran gewöhnt. Mir händigte die Dr. Bär bald danach ein »noch minus Gut« aus, dann folgte eine ellenlange Latte von guten und mäßigen Befriedigend, und hierauf griff sie nach dem quietschgrünen Heft und sprach: »Armin Meier, du hast mich sehr positiv erstaunt. Das war für deine Verhältnisse gar nicht so übel. Du hast zwar unheimlich viel herumgeschmiert, aber da wollen wir diesmal noch Gnade für Recht ergehen lassen. Für ein minus Befriedigend hat es gereicht! Damit bist du der Nachprüfung im Herbst entgangen! Ich gratuliere!«

Armin tappte wie ein Schlafwandler nach vorne zum Lehrertisch, nahm sein quietschgrünes Heft und einen wohlwollenden Blick der Dr. Bär in Empfang, tappte zu seinem Platz zurück, plumpste auf den Sessel, schlug das Heft auf und starrte völlig verdutzt auf seine – und Lillis – Arbeit. Ziemlich lang starrte er, dann klappte er das Heft zu, seufzte erleichtert und lächelte versonnen vor sich hin.

Lilli und ich hatten verstohlen nach hinten gelinst, und Lilli flüsterte mir zu: »Jetzt glaubt dieser Depp garantiert, dass es sein guter Schutzengel gewesen ist, der da gewerkt hat.«

Den ganzen Vormittag klebte dem Armin das versonnene Lächeln im Gesicht. Da er zu Mittag heimging – er hat eine Mutter, die nur am Vormittag arbeitet, und musste sich die Nachmittagsbetreuung nicht antun –, weiß ich nicht, wie lange er noch versonnen vor sich hin gelächelt hat. Am Samstag jedenfalls, als er am Morgen in die Schule kam, schaute er wieder normal dümmlich aus der Wäsche.

Meistens waren Lilli und ich auch an den Wochenenden zusammen. Sie übernachtete bei mir oder ich bei ihr. Aber an diesem Wochenende musste Lilli mit ihren Eltern nach Linz fahren. Ihre Großmutter besuchen. Die feierte ihren fünfundsechzigsten Geburtstag. Ich hätte natürlich mitfahren können. Und Lilli wäre es lieb gewesen, wenn ich nach Linz mitgekommen wäre. Aber diese Großmutter ist eine echte Schreckschraube. Freiwillig besucht man die nicht. Die Frau hat es nämlich fürchterlich mit der Vornehmheit! Einmal, als sie in Wien auf Besuch gewesen ist, hat sie mir und der Lilli »ordentlich essen« beibringen wollen. Weil wir angeblich die Ellbogen zu weit vom Körper weghaben, wenn wir mit Messer und Gabel auf dem Teller hantieren. Sie hat uns unter jede Achsel ein Buch gesteckt und hat verlangt, dass wir diese Bücher, während wir essen, mit den Oberarmen an die Rippen drücken und so festhalten. Dann, hat sie erklärt, hätten wir die »richtige Esshaltung«. Und weil wir drüber gelacht haben, ist sie stocksauer gewesen. Sie regt sich auch auf, wenn man knallig lackierte Nägel hat, und wenn der Bauchnabel über dem Jeansbund rausschaut, und wenn man sich ein paar bunte Strähnchen in die Haare sprayt. Und würde Lilli ein bisschen gepierct nach Linz kommen, würde sie wahrscheinlich vor Entsetzen tot umfallen. Natürlich darf man vor ihr auch kein »ordinäres Wort« sagen, wobei ihr sehr bald etwas ordinär vorkommt. Sie gerät schon wegen einem harmlosen »Shit!« aus dem Häuschen. Auf die Dame konnte ich also verzichten, und Lilli sah das ein.

Außerdem war bei mir daheim für Samstagabend Besuch angesagt. Besuch aus Baden. Ein Freund meines Papas samt Ehefrau und Sohn. Den Freund hatte ich schon ein paarmal gesehen, die Ehefrau und den Sohn noch nie. Ich war gespannt auf den Sohn, weil meine Mama erklärt hatte: »Das ist ein schnuckeliger Knabe, wäre ich dreizehn, ich würde mich Hals über Kopf in ihn verknallen.« Und meine Mama hat, nicht nur was Klamotten und Möbel, sondern auch was Männer angeht, einen erstklassigen Geschmack!

Und ein bisschen, ich gebe es zu, war ich froh, dass Lilli nicht bei mir ist, wenn der angeblich schnuckelige Knabe zu Besuch kommt. Sooft Lilli und ich bisher einen echt schnuckeligen Knaben kennen gelernt hatten, hatte ich nie eine Chance gehabt! Irgendwie hat sie mich immer an die Wand gespielt, und das Schnuckelchen war tief von ihr beeindruckt und hat mich links liegen lassen. Am Aussehen liegt das garantiert nicht. Was das betrifft, kann ich mit Lilli mithalten. Ohne eitel zu sein: Lilli ist kein bisschen hübscher als ich. Ich bin – wie es meine Mama ausdrückt – »eine sanfte Schönheit« und Lilli ist »ein aparter Typ«. Unhöflicher gesagt: Ich sehe langweilig aus und Lilli sieht aufregend aus! Jedenfalls war ich mir sicher, dass der Sohn von Papas Freund mehr Interesse an Lilli als an mir gehabt hätte, wäre sie hier gewesen.

Meine Mama hatte für das Besucherabendessen von ihrer Geiz-ist-geil-Spargesinnung Urlaub genommen und bei einem Schickimicki-Luxus-Catering ein hübsches kaltes Büfettchen geordert. Mit Vitello tonnato, gefüllten Tintenfischchen und Hummersalat, mit Wildschweinschinken, Trüffelsalami und Gänseleberparfaitkugeln, mit geräuchertem Stör und dessen Kaviar und mit allerliebsten kleinen Obsttörtchen und Schokoladekuchen. Als mein Papa, der für Luxusessen nicht viel übrig hat, weil er es lieber ländlich-deftig mit Speck und Schmalzbrot mag, die herangekarrte Pracht sah, motzte er: »Wir erwarten drei schlichte Esser und keine Kompanie ausgehungerter Gourmets!«

»Deine Frau will halt bei den Gästen Eindruck schinden«, sagte ich zu ihm.

Und er sagte drauf seufzend zu mir: »So ist es, meine Süße. Aber nimm zur Kenntnis, dass von dem, was das Zeug hier kostet, eine arme Familie einen Monat lang leben könnte.«

Meine Mama hörte es und sagte ungerührt: »Und von dem, was das Armani-Anzügelchen kostet, das deinen ranken Leib umhüllt, könnten drei arme Familien einen Monat lang leben.«

Worauf mein Papa erklärte, dass sein Anzügelchen doch eine Anschaffung für mindestens ein Jahrzehnt, wenn nicht für länger ist, während das Luxusessen an einem Abend verputzt und der unansehnliche Rest am nächsten Morgen entsorgt wird. Zu einer passenden giftigen Antwort kam meine Mama aber nicht mehr, weil der Besuch an der Wohnungstür klingelte.

Meine Mama hatte wahrlich nicht übertrieben. Sie hatte eher untertrieben. Der Sohn von Papas Freund war nicht bloß schnuckelig, er war echt schön. Groß, schlank, sonnengebräunt, breitschultrig und schmalhüftig, aber mit knackigem Po. Seine Augen waren so grün wie das

Meer rund um St. Lucia, seine Nase war schmal und edel fassoniert, der Glanz seiner rotbraunen Haare, die leicht für zwei Köpfe gereicht hätten, war atemberaubend, und im wohlgeformten Kinn hatte er ein entzückendes Grübchen, so eins, wie es der Uralt-Kinoschwarm meiner Oma Gretl, ein gewisser Gary Grant, hat.

Der Knabe ist, sagte ich mir, als ich ihm zur Begrüßung die Hand reichte, einfach zu schön für mich. Total eingeschüchtert war ich von seiner Pracht. Aber als wir dann beim Essen saßen, legte sich das schnell. Dieser Marcel, so heißt er, fraß nämlich wie ein Scheunendrescher. Gigantische Mengen verschwanden hinter seinen edel geschwungenen Lippen und seinen strahlend weißen Beißerchen. Appetitlich mampfte er auch nicht gerade. Mehrmals musste ihn seine Mutter darauf hinweisen, dass auf seinem Kinn oder in seinen Mundwinkeln Speisereste klebten. Und als er einmal kurz den knackigen Po vom Sessel lüpfte, um sich die Hummersalatschüssel von der anderen Tischseite rüberzuziehen, entfuhr ihm doch glatt ein lauter Furz. Was ihn aber nicht im Geringsten irritierte. Er sagte gelassen grinsend: »Wenn das Arscherl brummt, ist das Herzerl gesund.«

Und sein Vater fügte beglückt hinzu: »Unser Marcel ist ein humoriges Kerlchen.«

Die Angst meines Papas, dass wir morgen sündteure Essensreste würden entsorgen müssen, war also völlig unbegründet gewesen. Bis auf ein paar Oliven verputzte der Marcel alles. Wir anderen hatten schon längst die Nahrungsaufnahme beendet, da futterte er noch immer munter weiter. Und als er endlich satt war, rülpste er zufrieden und kommentierte den Rülpser mit: »Dieses war ein Magenschas, der den Weg zum Arsch vergaß.«

Und sein Vater fügte beglückt hinzu: »Er kennt halt keinen Genierer, unser Marcel!«

Fünf Minuten später lag der voll gefressene Knabe auf unserem Sofa. Er muss ein wenig »abliegen«, erklärte er uns. Wenn man so viel futtert wie er, rinnt alles Blut zum Magen hin, wodurch der Kopf total blutleer wird, und das steht man senkrecht ohne Schwindelgefühl nicht durch. Zudem ersuchte er um ein bisschen »Verdauungsmusik«. Mozart, meinte er, wäre ihm am liebsten. Aber, wenn's ginge, bitte nicht die Kleine Nachtmusik. Mein Vater schob – vor sich hin grinsend – ein mozartsches Klavierkonzert in den CD-Player.

»Und welche Lautstärke hätten der junge Herr zum Abliegen gern?«, erkundigte er sich.

»Leise, bitte, leise«, murmelte der Marcel mit geschlossenen Augen, und mein Papa sagte: »Wird gemacht«, und drehte auf Flüstersound.

Dann begaben sich die Damen und Herren Eltern auf den Balkon raus, weil die Mama und der Papa vom Marcel rauchen wollten und meine Mama keine »vermiefte« Wohnung haben will. Ich ging in mein Zimmer. Ich hatte keine Lust zwischen den Oldies zu hocken, und dem Marcel beim »Abliegen« zusehen wollte ich schon gar nicht. Ich legte mich aufs Bett, schaltete den Fernseher ein und zappte durch die Kanäle. Bei einem Film über Giftschlangen blieb ich hängen. Gerade als es spannend wurde, weil sich der Giftschlangenbesitzer daranmachte, einer zischenden Kreuzotter das Gift zu entlocken, klopfte es kurz an meiner Zimmertür und Marcel kam herein. Ob er mir Gesellschaft leisten dürfe, fragte er. Ich schaute auf die Uhr.

»Das Abliegen geht aber flugs bei dir«, sagte ich. Seit mein Papa den Mozart aufgelegt hatte, waren erst zehn Minuten vergangen.

»Ich lieg ja nur ab, bis wieder Blut im Kopf ist«, sagte er.

Ich sagte »Ach so, ja dann!« und bot ihm meinen Schreibtischstuhl an. Er ließ sich drauffallen, drehte ein paar Runden und fragte: »Kriegst du heuer eine Nachprüfung?«

»Nein, krieg ich nicht«, antwortete ich, einigermaßen empört, weil ich dachte: Der Kerl hält mich für blöd!

»Ich schon«, sagte der Marcel und seufzte. »Wahrscheinlich krieg ich sogar zwei. Eine in Mathematik und eine in Chemie. Ich war nämlich sehr oft nicht in der Schule. Hab es auf vierhundertdreißig Fehlstunden gebracht.«

»Warst du krank?«, fragte ich.

Er schüttelte den Kopf. »Ich hatte einfach keine Lust! Die blöde Gurke, die wir in Mathematik und Chemie haben, hat einen echten Hass auf mich. Und ich sehe absolut nicht ein, warum ich den aushalten soll.«

»Was hast du ihr denn getan, dass sie dich so hasst?«, fragte ich.

»Allerhand!«, sagte der Marcel.

»Und zwar was allerhand?«, fragte ich und schaltete den Fernseher ab.

»Na ja.« Marcel zuckte mit den Schultern. »So kleine Gemeinheiten halt.«

»Und zwar welche Gemeinheiten?«, fragte ich wieder, worauf Marcel anfing, seine »kleinen Gemeinheiten« zu referieren. Zuerst erzählte er, dass er der Mathe-Chemie-Tante oft mittels eines über Daumen und Zeigefinger gespannten Gummiringerls U-Hakerln auf den Hintern schießt. Ich hörte mäßig interessiert zu, denn solche Schülerscherzchen mit Bart hauten mich echt nicht vom Hocker. Dann erzählte er von einem Plastikeimer voll Wasser, mit Schnur am Henkel, den er auf den Schrank in der Klasse gestellt hat. Und die Schnur hat er unheimlich raffiniert vom Schrank runter zu seinem Pult geleitet, und wie die Mathe-Chemie-Tante vor dem Schrank gestanden ist, hat er an der Schnur gezogen und ein Schwall Wasser ist auf die Tante runtergeschwappt. Ich schaute ziemlich ungläubig, denn diese raffinierte Schnurleitung konnte ich mir schlecht vorstellen, aber ich erhob keinen Einspruch. Dann behauptete Marcel, dass er die Mathe-Chemie-Tante, als sie einmal allein im Chemiesaal gewesen ist, um ein Experiment vorzubereiten, einfach eingesperrt hat. Weil zufällig der Schlüssel an der Chemiesaaltür gesteckt ist. Und die Tante ist erst am Abend vom Schulwart aus dem Chemiesaal befreit worden. Die Geschichte gefiel mir schon etwas besser. Ob ich sie glauben sollte, wusste ich aber nicht recht. Dann erzählte der Marcel noch von einem Dutzend Raupen, Spinnen und Käfern, die er der Mathe-Chemie-Tante auf dem Wandertag in die Handtasche geschmuggelt hat, und schließlich schwärmte er: »Aber meine bisher allerbeste Aktion gegen diese saublöde Gurke war eindeutig die Sache mit den Chemietests.«

Die Mathe-Chemie-Tante, sagte er, hat sich einmal zu Mittag zum Heimfahren ein Taxi vor die Schule bestellt. Aber das Taxi ist nicht gekommen. So ist sie ins Schulhaus zurück, ins Kämmerchen vom Schulwart, das gleich hinter dem Schultor ist. Von dort hat sie die Taxi-Funkzentrale angerufen, um zu fragen, wo denn ihr Taxi bleibt. Vorher hat sie eine Tragetasche auf der Türschwelle vom Kämmerchen abgestellt. Und da ist zufällig Marcel des Weges gekommen und hat in die Tragetasche gelinst und gesehen, dass da ein Packen Chemietests drinsteckt. Die Mathe-Chemie-Tante hat telefoniert und Marcel ihre Hinterseite zugekehrt, der Schulwart ist auch nicht zu sichten gewesen. Da hat Marcel blitzschnell in die Tragetasche gegriffen, hat sich ein paar von den Tests gegrapscht und ist mit denen hurtig aus dem Schulhaus rausgewieselt und hat die geklauten Tests im nächstbesten Papiercontainer versenkt.

»Das waren Prüfungstests«, sagte er verklärt grinsend, »du hast ja keine Ahnung, wie peinlich es für einen Lehrer ist, wenn er die verschlampt. Das ist für den eine echte Katastrophe! Da kriegt er nämlich Probleme mit der Schulbehörde, wenn das rauskommt!«

»Na sowieso weiß ich das!«, protestierte ich. Und dann ritt mich der Teufel und ich sagte: »Aber das ist ein Klacks gegen den Coup, den meine Freundin Lilli gegen unsere Mathelehrerin, die Dr. Bär, Tanzbärin genannt, gelandet hat!«

»Erzähl!«, verlangte er. Und ich erzählte. Ausführlich und im Detail. Während ich es tat, raunte unentwegt in meinem Kopf ein zartes Stimmchen: »Bist du völlig verrückt? Was tust du denn da? Du kannst doch Lillis Topsecret nicht diesem Marcel ausplaudern!«

Ich erzählte trotzdem weiter, denn ich aktivierte seine laute Gegenstimme, und die sagte: »Das macht doch gar nichts. Marcel wohnt in Baden und geht dort in die Schule, er kennt Lilli nicht, er kennt unsere Schule nicht, er kennt die Dr. Bär nicht, und höchstwahrscheinlich sehe ich ihn auch nie wieder. Da besteht also überhaupt keine Gefahr, dass deswegen etwas rauskommt!«

Marcel war echt fasziniert von meinem Bericht. »Ein tolles Mädchen, deine Freundin«, sagte er und schaute bewundernd. »Könnte man die vielleicht mal kennen lernen?«

Das ärgerte mich ein bisschen. Das heißt: Ich ärgerte mich über mich! Du bist bescheuert, warf ich mir vor. Zuerst freust du dich, dass du einmal ohne Lilli-Konkurrenz ein Schnuckelchen triffst, und dann hast du nichts Besseres zu tun, als ihm Lilli schmackhaft zu machen!

Eine Antwort auf die Frage, ob Marcel meine tolle Freundin Lilli kennen lernen kann, blieb mir erspart, denn die Mama von Marcel quengelte vor meiner Zimmertür: »Bubi, wir müssen aufbrechen!«

Marcel erhob sich sofort, murmelte bloß noch »Tschüs« und war zur Tür draußen. Sich von mir zu trennen war ihm sichtlich nicht schwer gefallen.

3. Kapitel

in welchem zuerst für Lilli die Kacke am Dampfen ist, aber Lilli wieder einmal das Beste aus einer miesen Lage macht.

In der folgenden Woche brach in unserer Schule, quer durch alle Klassen, rasant die Sommergrippe aus. Normalerweise sind wir zweiundzwanzig Schüler in der Klasse, aber am Montag erschienen bloß fünfzehn zum Unterricht, am Dienstag waren wir dann nur noch dreizehn. Das Pult vor unserem Pult blieb unbesetzt, das Pult hinter unserem Pult auch, und Lilli sagte zufrieden grinsend: »Echt nett, dass Armin jetzt ein paar Tage in seinem Bett vor sich hin stinkt und uns mit seinem Odeur nicht belästigt!«

In der ersten Schulstunde, wir hatten Geschichte und schauten uns ein urlangweiliges Schwarz-Weiß-Video von längst verjährten Ausgrabungen in Carnuntum an, kam der Schräge Franz, unser Schulwart, in die Klasse und sagte grantig: »Ich soll eine Leitermeier-Lilli sofort zur Frau Hofrat in die Direktion bringen!« (Schräger Franz nennen wir ihn deswegen, weil sein linkes Bein wesentlich kürzer als sein rechtes ist und er dadurch in totaler Schieflage durch die Schule humpelt.)

Lilli verdrehte die Augen und erhob sich seufzend. »Was soll ich denn in der Direktion?«, fragte sie den

Schrägen Franz, aber der würdigte sie keiner Antwort. Wahrscheinlich wusste er auch nicht, warum er Lilli in die Direktion bringen musste. Der Schulwart ist schließlich keine Vertrauensperson der Frau Hofrat, der führt bloß unwillig ihre Anweisungen aus. Lilli warf mir einen sehr ratlosen Blick zu, dann ging sie zum Schrägen Franz und der führte sie zur Klassentür raus, ganz so, wie ein Polizist einen Schwerverbrecher abführt. In der Klasse hob ein leises Getuschel an, und alle schauten fragend zu mir. Ich zuckte, nicht minder ratlos als Lilli, mit den Schultern.

Den Rest der Geschichtsstunde verbrachte ich damit, mir zu überlegen, warum Lilli in die Direktion befohlen worden war. Mir fielen allerhand mögliche Gründe ein. Vielleicht, dachte ich, hat sich die Mutter von der Emily Bauernfeind aus der 1a beschwert, weil Lilli ihrer Tochter am Freitag beim Mittagessen einen ganzen Becher Himbeerwasser über den Kopf geschüttet und dazu gesagt hat: »Ich taufe dich auf den Namen Obertrottel.« Oder jemand hat gepetzt, dass es Lilli gewesen ist, die an die Tafel vom Zeichensaal mit riesengroßen Buchstaben, herzumrandet, geschrieben hat: HUBER IST VOLL VERKNALLT IN FINK (die Huber-Tussi ist unsere Zeichenlehrerin, der Fink ist unser katholischer Religionslehrer). Oder die junge Probe-Lehrerin, die uns immer am Nachmittag beaufsichtigt, hat sich darüber aufgeregt, dass Lilli einen Kirschkern-Weitspuck-Wettbewerb veranstaltet und sich dann strikt geweigert hat, die Kerne vom Boden aufzuklauben. Oder der katholische Religions-Fink hat der Frau Hofrat gesagt, dass sich Lilli in seiner Stunde immer die Zehennägel pedikürt und lackiert und seine flehentlichen Bitten, das einzustellen, völlig ignoriert.

Doch als Lilli auch in der Pause nach der Geschichtsstunde nicht in die Klasse zurückkam, wurde mir klar, dass sämtliche meiner Vermutungen falsch sein mussten. Wegen solcher Pipifaxvergehen wurde man nicht derart lange ins Gebet genommen! Da wäre die hofrätliche Rüge in null Komma pepi erledigt gewesen! Unsere Frau Hofrat hat für langatmige Strafpredigten nichts übrig.

Mitten in der zweiten Schulstunde, Deutsch bei der Dr. Schmitz hatten wir, fiel mir ein, dass voriges Schuljahr der Stefan auch vom Schrägen Franz in die Direktion geholt worden war, und dort hatte ihm die Frau Hofrat so schonend wie möglich beigebracht, dass seine Eltern einen Autounfall gehabt hatten und nun auf der Intensivstation lagen. Da hielt ich es auf meinem Sessel einfach nicht mehr aus! Ich sagte zur Dr. Schmitz »Bitte, mir ist übel« und rannte aus der Klasse. Lillis Eltern sind schließlich für mich so etwas wie »Zweit-Eltern«, ich habe beide unheimlich gern. Falls einem von ihnen etwas zugestoßen war, ging mich das auch an!

Ich raste in den zweiten Stock hinauf, zur Direktion. Weil noch immer affenheißes Wetter war, und weil ich hoffte, dass – von wegen kühlendem Durchzug – die Tür vom Sekretariat und dahinter die Tür zum Hofratszimmer offen stehen und dass ich ein bisschen von dem erlauschen konnte, was im Hofratszimmer vor sich ging.

Die Tür zum Sekretariat stand tatsächlich sperrangelweit offen, die Tür zum Lehrerzimmer auch, aber die Tür zum Hofratszimmer – gegenüber der Lehrerzimmertür –

war bummfest geschlossen. Ich nahm meinen ganzen Mut zusammen, ging ins Sekretariat hinein, deutete auf die hofrätliche Tür und fragte die Frau Brunner, unsere Schulsekretärin, die vor dem Computer hockte und sich den Schweiß von der Stirn wischte: »Bitte, ist die Lilli Leitermeier noch drinnen bei der Frau Hofrat?«

Die Frau Brunner warf das Papiertaschentuch, mit dem sie sich die Stirn gewischt hatte, in den Papierkorb und nickte. Unsere Schulsekretärin ist eine sehr nette, sehr freundliche Frau. Außerdem kenne ich sie auch »privat« ein bisschen, weil ihr Mann in derselben Werbeagentur arbeitet wie meine Mama und die Werbeagentur jedes Jahr im Herbst einen Betriebsausflug macht, zu dem auch die Ehefrauen, Ehemänner, Lebensgefährten und Kinder der Mitarbeiter eingeladen sind. Also traute ich mich, die Frau Brunner zu fragen: »Ist Lillis Papa oder Lillis Mama etwas Schlimmes zugestoßen?«

»Wie kommst du denn auf diese Idee, Marlen?«, fragte die Frau Brunner zurück und schaute verwundert. »Weil – weil – weil –«, stotterte ich und wusste nicht weiter. Ihr zu erklären, wie ich auf diese Idee gekommen war, wäre ein wenig zu kompliziert gewesen.

Die Frau Brunner seufzte. »Könnte aber leicht sein, dass ihre Eltern der Schlag trifft, wenn sie erfahren, was ihr Fräulein Tochter angestellt hat!«

»Was hat denn die Lilli getan?«, fragte ich und dachte: Die Frau Brunner kennt Lillis Eltern nicht! Die trifft nicht so schnell der Schlag, und schon gar nicht wegen irgendetwas, was ihre Tochter »angestellt« hat. Die nehmen das locker.

»So etwas ist wirklich kein Lausbubenstreich mehr!« Die Frau Brunner schüttelte arg bekümmert den Kopf. »Das ist direkt schon Urkundenfälschung! Weil ein Klassenarbeitsheft ja auch so eine Art von Urkunde ist!« Sie seufzte wieder. »Und ich naive Person sage ihr noch, sie soll das Tablett mit den Sandwiches ins Lehrerzimmer hineintragen. Direkt Beihilfe habe ich ihr damit geleistet! Aber wer kann denn auch ahnen, welch raffiniertes Schlitzohr dieses Mädchen ist, so viel Abgefeimtheit traut man doch niemandem zu!«

Dann schwieg sie. Ihr war wohl eingefallen, dass sie nicht befugt ist, mir nähere Informationen zu geben. Aber das war auch nicht mehr nötig! Ich stolperte auf den Gang hinaus und lehnte mich neben der Treppe an die Wand. Wieso, fragte ich mich, ist Lillis Supercoup, nachdem alles so gut gelaufen war, nun doch noch aufgeflogen? Antwort fand ich keine. Die bekam ich ein paar Minuten später, als Lilli von der Direktion her zur Treppe kam, mich sah und mir zuzischte: »Wieso kannst du dein Maul nicht halten, Marlen?«

Ich starrte Lilli entsetzt an. Langsam dämmerte mir, dass ich die Schuld am Auffliegen von Lillis Supercoup haben musste. Aber richtig glauben wollte ich es noch nicht. »Ich – ich – hab doch nichts getan?«, stotterte ich.

Lilli fauchte: »Streite jetzt bloß nicht auch noch alles ab, sonst dreh ich voll durch!«

»Ich habe es nur diesem Marcel erzählt«, gab ich zu. »Und der kennt doch niemanden aus unserer Schule, der kennt überhaupt niemanden in Wien, der ist aus Baden.«

»Nur dem Marcel erzählt!«, äffte mich Lilli nach. »Super, wie du mit einem Topsecret umgehst! Erzählst es dem nächstbesten dahergelaufenen Kerl!«

Lilli stieg langsam die Treppe ins Erdgeschoss runter, ich neben ihr her. »Aber der Marcel«, sagte ich, »der hat das garantiert nicht der Frau Hofrat oder der Tanzbärin gesteckt, da bin ich mir ganz sicher! Warum sollte er so gemein sein?«

Lilli blieb auf dem Treppenabsatz im Halbstock stehen und funkelte mich an. »Hat er auch nicht!«, sagte sie. »Aber allen in seiner Klasse hat es dein geschwätziger Marcel erzählt. Und in seine Klasse geht leider eine Nichte der Tanzbärin.«

»Woher weißt du das?«, fragte ich beklommen.

»Woher schon«, antwortete Lilli giftig. »Ich hab natürlich zuerst alles abgestritten. Stur und eisern und auf ganz empört! Und da hat die Tanzbärin – die war nämlich auch dabei – gesagt, dass Leugnen zwecklos ist, weil meine werte Freundin Marlen alles einem Schüler aus der Klasse ihrer Nichte erzählt hat. Und wenn ich weiter leugne, hat sie gesagt, dann lässt sie dich holen und wird dich eingehend befragen.« Lilli schaute mich verächtlich an. »Und darauf wollte ich lieber verzichten, weil du bei so etwas nämlich echt nicht zu gebrauchen bist!«

Lilli stieg weiter treppab, ich blieb auf dem Treppenabsatz im Halbstock wie angewurzelt stehen. Als Lilli im Erdgeschoss war, ratschte die Pausenglocke. Lilli ging in unsere Klasse rein, ohne sich nach mir umzudrehen. Mir war total trostlos zumute. Und wenn mir total trostlos zumute ist, dann wird mir immer ganz flockig-flau im

Bauch, und das sieht man mir anscheinend an. Die Dr. Schmitz, die von unserer Klasse her zur Treppe kam, wieselte den Halbstock zu mir rauf und rief besorgt: »Kindchen, Kindchen, klapp mir bloß nicht hier zusammen, Kindchen! Schaffst du noch den Weg in das Schularztzimmer rauf?«

Ein Stündchen im Schularztzimmer zu bleiben, bis Lillis Wut ein wenig abgeflaut war, fand ich gut. Ich nickte und die Dr. Schmitz führte mich in den ersten Stock, in das Zimmer, in dem einmal die Woche unsere Schulärztin ordiniert. »Leg dich hin, Kindchen«, schlug sie vor und half mir auf die Liege. Ich tat es und schloss die Augen.

»Wenn es so weitergeht mit dieser Grippeinfektion, können wir die Schule vorübergehend schließen«, seufzte die Dr. Schmitz. Dann fragte sie: »Ist bei dir daheim jemand, den man anrufen kann, dass er dich abholt, Kindchen?« Die Dr. Schmitz nennt alle Schüler »Kindchen«. Sie ist eine alte Schrulle, aber irgendwie sehr nett. Und dass sie, wie Lilli immer behauptet, alle Kinder deswegen »Kindchen« nennt, weil sie verkalkt ist und sich keine Namen mehr merken kann, stimmt sicher nicht.

Ich hauchte ein zartes »Nein«, und die Dr. Schmitz sagte, dass sie meine Erkrankung jetzt gleich im Sekretariat melden wird und ich auf der Liege schön brav ausharren soll, bis die Frau Brunner eine »Abholperson« für mich aufgetrieben hat.

Ich richtete mich ein bisschen auf und sagte: »Bitte, das ist nicht nötig, ich kann wirklich allein heimgehen, das schaffe ich schon.« Weil ich echt nicht wollte, dass die

Frau Brunner meine Mama oder meinen Papa zu meinem Abtransport herbestellt. Die hätten doch gleich gemerkt, dass ich nicht wirklich krank, sondern bloß gemütsmäßig flockig-flau bin. Und dann hätten sie wieder von meiner angeblichen Neigung zur »Flucht in die Krankheit« gefaselt. Und mir noch zusätzlich ein schlechtes Gewissen gemacht, weil sie wegen mir irgendeinen ihrer urwichtigen Termine platzen lassen mussten.

Doch die Dr. Schmitz erklärte mir, dass ein erkrankter Schüler nicht allein heimgehen darf. Würde ihm auf dem Heimweg etwas zustoßen, würde man die Schule zur Verantwortung ziehen. Ich probierte es noch mit einer Notlüge und behauptete, sowohl meine Mama als auch mein Papa sind heute »auswärts unterwegs« und kommen erst am Abend zurück. Das half auch nicht. Die Dr. Schmitz sagte, für solche Fälle haben alle Eltern im Sekretariat eine Ersatzabholperson und deren Telefonnummer angegeben.

Meine »Ersatzabholperson« ist meine Oma Gretl, und die wohnt in Schwechat und hat seit zwei Jahren, seit sie einen Unfall mit Totalschaden gebaut hat, kein Auto mehr. Garantiert hätte sie sich ein Taxi genommen, um mich abzuholen, und ein Taxi von Schwechat zu unserer Schule kostet sehr viel Geld. Außerdem hat die Oma Gretl ein schwaches Herz und soll sich nicht aufregen. Und garantiert hätte sie sich aufgeregt, wenn ihr die Frau Brunner am Telefon gesagt hätte, dass ich krank bin und von der Schule abgeholt werden muss. Weil die Oma Gretl sowieso immer das Allerärgste befürchtet und sogar einen blauen Fleck für Hautkrebs hält. Also blieb mir leider nichts anderes übrig, als mich ganz aufzurichten, die Beine von der Liege zu schwingen und zu behaupten, dass das nur der Kreislauf gewesen sei, der bei mir ein bisschen schwach ist.

Ich stieg von der Liege und ging, gefolgt von der Dr. Schmitz, aus dem Schularztzimmer. Als wir bei der Treppe waren, ratschte die Schulglocke die Pause aus. Die Dr. Schmitz stieg die Treppe hoch, ich stieg die Treppe runter. Mit jedem Schritt, den ich unserer Klasse näher kam, wurde mein flockig-flaues Bauchgefühl schlimmer. Vor der Klassentür angekommen, strahlte das Flockig-Flaue schon in den ganzen Körper aus. Ich konnte die Tür einfach nicht aufmachen. Weil ich wirklich nicht wusste, was ich zu Lilli sagen sollte. Es tut mir Leid? Oder: Sorry, das war dumm von mir? Oder: Entschuldige, bitte? Oder: Es war nicht böse gemeint? Das reicht vielleicht, wenn man wem auf ein Hühnerauge getreten ist oder zu einem Date um eine halbe Stunde zu spät eintrudelt oder ein taktloses Scherzchen gemacht hat, das wen gekränkt hat! Aber es reicht garantiert nicht, wenn man seinem astrologischen Zwilling Superkalamitäten eingebrockt hat!

Die Klassentüren in unserer Schule sind beileibe nicht schalldicht. Ich hörte aus unserer Klasse ein erregtes, vielstimmiges Gemurmel und dazwischen immer wieder Lillis Stimme. Sie rief: »Jetzt lasst mich doch endlich in Frieden!« Und: »Das geht euch wirklich einen feuchten Kehricht an!« Und: »Löchert mich nicht so, ich sage es euch trotzdem nicht!«

Wahrscheinlich hätte ich bis zur nächsten Pause auf dem Gang vor der Tür ausgeharrt, wäre der Religions-Fink nicht mit geschulterter Gitarre auf unsere Klasse zugeeilt. Dem guten Mann konnte ich schlecht sagen, dass ich mich der Konfrontation mit Lilli im Moment nicht gewachsen fühle. Also tat ich, als habe ich vor der Klassentür auf ihn gewartet, um ihm diese mit Bückling allerhöflichst aufzuhalten – stellvertretend für die Nadja, unsere Klassenstrebsau, die sommergrippekrank war –, und wankte hinter ihm mit flauschig-flauen Knien in die Klasse.

Nur der Jakob saß auf seinem Platz und las in einem Buch. Alle anderen waren rund um unser Pult, um Lilli herumgestanden und latschten nun frustriert zu ihren Pulten. Der Fink setzte sich auf den Lehrertisch, zupfte ein bisschen auf der Gitarre herum und intonierte dann »We shall overcome ...«.

Der sangesfreudige Teil der arg reduzierten Belegschaft stimmte in den hoffnungsfrohen Song ein, der größere Rest blieb stumm und gab sich dezent anderen Beschäftigungen hin. Lilli hatte mich nicht mit dem Du-bist-das-Allerletzte-Blick empfangen, den ich mir erwartet hatte. Sie schaute mich überhaupt nicht an. Sie war mit ihrem rechten Fuß, der nackt auf dem Pult lagerte, beschäftigt. Sie kratzte mit den Fingernägeln emsig kohlrabenschwarze Lackreste von den Zehennägeln und pustete zwischendurch immer wieder Lacksplitter vom Pult. So wütend wie vorher auf der Treppe wirkte sie nicht mehr. Das brachte das Flauschig-Flaue in mir einigermaßen zum Rückzug. Bloß ein Rest davon verblieb im

Bauch. Ich holte meinen Notizblock aus dem Pultfach, schrieb drauf: »Ich gäbe alles, um meine Blödheit ungeschehen zu machen!!!«, und schob den Notizblock zu Lilli hin.

Lilli schaute zuerst auf den Notizblock, dann grinste sie mich an, nahm mir den Kugelschreiber aus der Hand und kritzelte unter meine Botschaft »Alles halb so wild, altes Trottelvieh«. Da verabschiedete sich auch der Rest vom Flauschig-Flauen aus meinem Bauch, und ich dachte mir total happy: Es ist wirklich wunderbar, wie schnell Lillis Wut manchmal verflutscht und wie leicht sie einem die größten Trotteleien vergibt! Das schaffen nur echt großzügige Menschen!

Nach der Religionsstunde hätten wir noch eine Doppelstunde Zeichnen gehabt, aber die Huber-Tussi, unsere Zeichenlehrerin, war auch von der Sommergrippe angefallen worden und heimgewankt. Die Frau Brunner kam ein paar Minuten vor dem Ende der Religionsstunde in unsere Klasse, teilte uns das mit und erklärte im Namen der Frau Hofrat den Unterricht für heute beendet. Die »Nachmittagsbetreuten«, sagte sie, sollten sich bis zum Mittagessen tunlichst »still beschäftigen«. Von den »Nachmittagsbetreuten« unserer Klasse waren bloß Lilli und ich anwesend, unsere anderen fünf Leidensgefährten gaben sich daheim der Sommergrippe hin.

Bevor sich unsere vorzeitig entlassenen Kollegen und Kolleginnen in die Garderobe vertschüsten, versuchten sie nochmals von Lilli zu erfahren, was denn in der Direktion »los gewesen« sei. Wie die Schmeißfliegen den Kuhfladen umschwirrten sie Lilli. Aber Lilli blieb eisern dabei, keine Auskunft zu geben. »No comment!«, wiederholte sie so lange, bis auch die letzte Neugiernase einsah, dass es Lilli ernst meinte, und abzog.

Erst als wir zwei dann allein in der Klasse waren, legte Lilli endlich los. Ob sie sich dabei strikt an die reinen Tatsachen hielt oder ihren Bericht ein bisschen ausschmückte, weiß ich natürlich nicht; aber das ist ja auch nicht so wichtig. Laut Lilli spielte sich das Ganze jedenfalls so ab:

Der Schräge Franz liefert Lilli im Sekretariat ab und entfernt sich. Lilli sagt zur Frau Brunner: »Bitte, ich soll zur Frau Hofrat kommen!«

Die Frau Brunner schaut Lilli total grämig an, steht auf, nimmt sie an der Schulter, schubst sie ins Hofratzimmer rein und schließt hinter ihr die Tür. Im Hofratszimmer sitzt die Frau Hofrat hinter ihrem riesigen Schreibtisch, und die Dr. Bär steht neben der Frau Hofrat. Beide schauen Lilli eisig an. Die Frau Hofrat deutet auf den Stuhl vor ihrem Schreibtisch und sagt: »Setz dich!«

Lilli tut es. Die Frau Hofrat fragt: »Hast du mir etwas zu sagen, Lilli Leitermeier?«

Das hat Lilli klarerweise nicht, also schüttelt sie den Kopf. Aber irgendwie dämmert ihr bereits, aus welcher Richtung der Wind weht. Weil die Dr. Bär anwesend ist und wie ein fetter Racheengel neben der Frau Hofrat steht. Und weil ein Heft mit quietschgrünem Plastikumschlag auf dem Schreibtisch liegt. Die Frau Hofrat fragt noch einmal, ob ihr Lilli etwas zu sagen hat, und Lilli schüttelt wieder den Kopf. Da greift die Frau Hofrat nach dem quietschgrünen Heft, hebt es hoch, knallt es auf die

Tischplatte und dröhnt urlaut: »Na gut, dann werde ICH dir eben sagen, was du mir zu sagen hättest!«

Und dann referiert sie haarklein den »Tathergang« von Lillis Supercoup, angefangen von Lillis Rauswurf aus der Mathestunde über das Verbessern im WC bis zum Brötchentabletttransport ins Lehrerzimmer. Und als hernach Lilli trotzdem alles abstreitet, tut die Dr. Bär kund, woher das sichere Wissen um Lillis Untat stammt, und droht damit, mich herbeizuholen und einer eingehenden Befragung zu unterziehen. Was Lilli zur Einsicht bringt, dass jetzt, in gewissen Grenzen, »Zugeben und Eingestehen« angesagt ist. Zuerst einmal drückt sie aus jedem ihrer Blauaugen ein Tränchen raus – Lilli kann das perfekt –, und dann erzählt sie, wobei sie sich nur an die Frau Hofrat wendet und die Dr. Bär komplett ignoriert, dass sie sich seit Wochen um den armen, verzweifelten Armin große Sorgen gemacht hat. Weil es doch schrecklich sein muss, wenn jemand lernt und lernt und trotzdem nichts zuwege bringt! Und dass sie befürchtet hat, Armin könnte Selbstmord begehen. Und dass sie sich immer gefragt hat, wie man ihm bloß helfen könnte. Und da sitzt sie dann auf dem Fensterbrett und plötzlich flutscht das Heft vom Armin die Treppe runter und landet direkt unter ihren Füßen. Und da ist sie sich ganz sicher, dass ihr das »Schicksal« gerade den Auftrag erteilt, dem armen Armin zu einer positiven Note zu verhelfen! Treuherzig schaut Lilli die Frau Hofrat an und sagt: »Sonst wäre ja auch nicht nachher dieser Mann mit dem Tablett gekommen, und die Frau Brunner hätte mich nicht gebeten, es ins Lehrerzimmer zu bringen. Und der Frau Dr.

Bär wären die Hefte überhaupt nicht aus den Händen gerutscht! Das können doch keine Zufälle gewesen sein, das war sicher alles vom Schicksal bestimmt, damit dem Armin geholfen werden kann!«

Lillis Erklärung verblüfft die Frau Hofrat einigermaßen, sie starrt Lilli verdutzt an. Die Dr. Bär ist nicht verdutzt, die keift: »Was soll denn dieser idiotische Plunder vom Schicksal? Treib es nicht zu weit, Leitermeier!« Worauf die Frau Hofrat der Dr. Bär beschwichtigend und nicht gerade freundlich zuwachelt und zu ihr sagt: »Nun lassen Sie das Mädchen doch ausreden, Frau Kollegin!«

Aber Lilli ist etwas ratlos, weil sie ohnehin schon alles gesagt hat, was ihr eingefallen ist. So sagt sie bloß bescheiden und wieder mit zwei Tränchen verziert: »Ich habe geglaubt, das Richtige zu tun. Dass es nicht richtig war, sehe ich jetzt ein – weil – wenn es richtig gewesen wäre – hätte es das Schicksal ja nicht auffliegen lassen.«

»Absurdes Gewäsch!«, keift die Dr. Bär. »Willst du uns hier zum Narren halten?«

»Frau Kollegin, bitte!«, sagt die Frau Hofrat, und dieses »bitte« klingt irgendwie verflixt nach: Seien Sie still!

Das vergrämt die Dr. Bär dermaßen, dass sie türknallend aus der Direktion stampft. Die Frau Hofrat blickt zur zugeknallten Tür und sagt: »Die Frau Kollegin Bär ist nervlich etwas gestresst.« Dann teilt sie Lilli mit, dass die Lehrerkonferenz am Samstag entscheiden wird, welche Folgen »diese leidige Angelegenheit« für Lilli haben wird. Mit »Aber den Kopf wird es dich schon nicht kosten« und einem milden Lächeln entlässt sie Lilli schließlich.

Und Lilli sagt »Danke, Frau Hofrat«, geht aus der Direktion und fragt sich, ob es das Gefasel vom »Schicksal« oder vom »Mitleid« gewesen ist, das die Frau Hofrat so milde gestimmt hat.

4. Kapitel

in welchem Lilli ihren innigst geliebten Papa nicht enttäuschen will und ansonsten alles seinen friedlichen Lauf nimmt.

An diesem Dienstag ging ich nach der Schule mit Lilli heim. Unsere Eltern hatten ausgemacht, dass ich bei Lilli übernachte. Weil meine Mama und mein Papa am Abend zuerst in die Oper und nachher auf ein Mitternachtsdinner gehen wollten, also erst in den frühen Morgenstunden heimkommen würden und ich nicht gern lange mutterseelenallein daheim bin. So stark wie früher fürchte ich mich zwar nicht mehr, aber einschlafen kann ich noch immer nicht, wenn ich allein in der Wohnung bin. Da muss ich fernsehen, bis meine Eltern zurückkommen, und dann bin ich am nächsten Morgen total unausgeschlafen und gähne mich gottserbärmlich durch den Unterricht. Unsere Wohnung macht nämlich Geräusche! Der alte Parkettboden knarrt, die riesigen Fensterscheiben klirren, die Wasserrohre in den Mauern blubbern, in den Heizkörpern klopft es und aus den Abflüssen gurgelt es, und irgendetwas – keine Ahnung, was es ist – summt. Und immer ausgerechnet dann, wenn ich allein zu Hause bin!

Lillis Eltern waren bereits daheim, als wir kamen, und Lillis Mama empfing uns – mäßig interessiert – mit der Frage: »Was hat es denn in der Schule gegeben, Lilli?«

Die Dr. Bär hatte nämlich am Vormittag bei ihr in der Kanzlei angerufen und mit einem Erziehungsberechtigten der Schülerin Leitermeier sprechen wollen, aber die Sekretärin hatte den Anruf nicht zu Lillis Mama durchgestellt, weil die gerade mit einem wichtigen Klienten verhandelt hatte. Dass die Chefin so bald als möglich zurückrufen werde, hatte die Sekretärin der Dr. Bär versprochen. Aber dann hatte sie den bärschen Anruf verschwitzt, und als er ihr wieder eingefallen war, war es längst Nachmittag gewesen und Lillis Mama hatte ganz zu Recht angenommen, dass die Dr. Bär nun nicht mehr in der Schule sein würde. Mit der Nachmittagsbetreuung hat die Dr. Bär nichts zu schaffen.

Zu den armen Schweinen, die sich vor ihren Eltern fürchten müssen, wenn sie in der Schule etwas ausgefressen haben, gehören Lilli und ich gottlob nicht. Ob es um die Noten oder um das Betragen geht, unsere Oldies sind da sehr gelassen und nehmen Negativnachrichten locker hin. Sie waren alle vier seinerzeit in der Schule auch nicht die Besten und die Bravsten. Darum hätte Lilli daheim ruhig die ganze Wahrheit erzählen können. Tat sie aber nicht! Wohl deswegen, weil ihr die Performance bei der Frau Hofrat ziemlich gelungen war. Allerdings ließ sie das »Schicksal«, das ihr einen Auftrag erteilt hatte, komplett weg. Das hätte ihr nämlich garantiert ihre Mama nicht abgenommen. Nicht mal ihr naiver Papa hätte ihr das geglaubt. Sie konzentrierte sich auf das »Mitleid« mit dem armen Armin Meier.

Lillis Mama wirkte auch von der Mitleidsmasche nicht ganz überzeugt. »Dieser Armin Meier«, fragte sie, »ist das nicht der Knabe, der hinter euch sitzt und nach altem Münsterkäse stinkt, wenn er sich aufregt? Wieso hast du mit dem plötzlich so großes Mitleid? Den hast du doch immer als widerlichen Oberdeppen bezeichnet?«

Aber Lillis Papa rief: »Na und? Man kann auch mit einem widerlichen Oberdeppen, der nach Käse stinkt, Mitleid haben!«

»Wenn du meinst, lieber Mann, wird es wohl so sein!«, sagte darauf Lillis Mama ein bisschen spitz und ging in die Küche, um uns ein Abendessen zu kochen. Lillis Papa nimmt Lilli nämlich immer in Schutz! Alles, was sie tut, ist richtig! Er hält sie für das herrlichste Kind der Welt! Und Lilli hält ihren Papa für den herrlichsten Papa der Welt! Für sie ist er der Allergrößte! Sie liebt ihn nicht bloß, sie verehrt ihn, sie himmelt ihn an. Für sie ist er fehlerfrei und makellos. Ihr Papa kann einfach alles! Und weiß alles! Und der schönste aller Papas ist er auch!

Mein Papa nennt ihn im Spaß deswegen manchmal »Lillis göttlichen Erzeuger« und er macht mir, auch im Spaß natürlich, Vorwürfe, dass ich ihn nicht so verehre und anhimmle wie Lilli ihren Papa. Und meine Mama behauptet, dass Lillis Papa ja auch alles dazu tut, damit ihn Lilli für den Allergrößten hält. Erst unlängst hat sie gesagt: »Wahrscheinlich kriegt der arme Martin von der Barbara zu wenig Anerkennung. Darum holt er sich eben eine doppelte Portion von seiner Tochter.«

Ich freute mich immer, wenn ich bei Lilli essen durfte. Meistens kochte Lillis Mama und sie kochte viel besser als mein Papa und meine Mama zusammen. Und wenn ich zu Besuch war, kochte sie nur Sachen, die mir gut schmecken, auch wenn sie alle anderen nicht so besonders mochten. Sie sagte, das tut sie deswegen, weil ich der einzige Mensch bin, der ihre Kochkünste wirklich würdigt, und ich nicht bloß achtlos in mich reinstopfe, was sie mit viel Liebe und noch mehr Mühe zubereitet hat.

Bei Lilli daheim isst man in der Küche. Diese Küche ist riesengroß und urgemütlich. Der Esstisch ist drei Meter lang und über dreihundert Jahre alt. Lillis Mama hat ihn einem Kloster, für das sie die Steuererklärung macht, billig abgekauft und, weil er ziemlich gewackelt hat, von einem Tischler restaurieren lassen. Früher haben an diesem Tisch angeblich zwanzig Mönche gebetet und hernach ihr karges Mahl verzehrt.

Wir hatten an diesem Abend kein karges Mahl. Es gab Steaks, so richtig schön blutig, und Pommes frites. Selbst gebrutzelt in viel Öl. Die schmecken wesentlich besser als die Tiefkühlwürmer, die meine Mama im Backrohr aufbrät. Und als Dessert gab es Topfenpalatschinken. Ich nahm mir gerade einen Nachschlag von dieser Köstlichkeit, da sagte Lillis Papa: »Du, Engelchen, ich habe mir etwas überlegt.«

»Und zwar was?« Lilli schenkte ihrem Papa ein bezauberndes Lächeln.

»Du wolltest diesem armen Stinkdeppen doch helfen«, sagte Lillis Papa. »Das ist nun erstens schief gegangen, und zweitens war es auch wirklich nicht der richtige Weg.«

Lilli tat einen kleinen, bekümmerten Seufzer und ich

dachte mir: Schaut ganz so aus, als glaubt sie ihr Mitleidsgeschwafel jetzt schon selber.

»Der einzig richtige Weg, dem armen Luder zu helfen«, fuhr Lillis Papa fort, »ist der, mit ihm Mathe zu lernen. Beinhart und jeden Tag!«

Lilli bekam vor Schreck kugelrunde Glupschaugen. Das Stück Topfenpalatschinken, das sie auf der Gabel hatte, plumpste in ihren Teller runter.

»Für einen Mathewunderwuzi wie dich ist das doch ein Klacks!«, sagte Lillis Papa. Und Lillis Mama, so kam es mir wenigstens vor, hatte Mühe, ein hämisches Grinsen zu unterdrücken.

Doch Lilli erholte sich blitzschnell von ihrem Schreck. Sie rief: »Aber dazu ist es doch jetzt viel zu spät. In nicht mal ganz zwei Wochen ist Notenkonferenz. Da würde ich ja einen Nürnberger Trichter brauchen, um ihm das Nötige ins Hirn zu stopfen! Du hast ja keine Ahnung, Papa, wie wenig er kann!«

Ich versuchte Lilli beizustehen. »Sie hat Recht«, sagte ich. »Dem Armin ist die Nachprüfung im Herbst sicher, da lässt sich nichts mehr dran ändern.«

Worauf Lillis Papa in aller Seelenruhe meinte: »Okay, dann lernst du halt in den Ferien mit ihm. Bis zum Herbst kriegst du den Kerl doch garantiert mathefit.«

Nun versuchte es Lilli auf eine andere Tour. Ohne mit einer einzigen Wimper zu zucken, log sie: »Der Armin will gar nicht mit mir lernen, ich hab es ihm ohnehin schon angeboten, aber er hat abgelehnt.«

»Wann war das denn?«, erkundigte sich Lillis Mama.

»Das – das – das ist schon länger her«, sagte Lilli.

»Na eben!«, rief Lillis Papa begeistert. »Jetzt, wo ihm das Wasser bis zum Hals steht, wird er deine Hilfe schon annehmen.«

Lilli schob den Palatschinkenteller von sich. Ihr war sichtlich der Appetit vergangen.

»Okay«, murmelte sie, »ich frag ihn, wenn er wieder gesund ist. Jetzt ist er nämlich grippekrank!«

Dann stand sie auf und ging ins Wohnzimmer. Gleich drauf dröhnten Werbespots bis zu uns in die Küche raus. Lilli ist nämlich total versessen auf Fernsehwerbung. Ich musste mit ihr auch immer so ein saublödes Werbungsratespiel machen. Da hatte ich mich mit ihr, sooft ein Werbeblock kam, vor den Fernsehapparat zu setzen und sollte dann blitzschnell erkennen, welche Werbung gerade anfängt. Von neunzehn Werbeclips erkannte ich allerhöchstens einen zuerst. Immer war Lilli vorher klar, was da nun beworben wird, in einer zehntel Sekunde hatte sie das raus!

Lillis Papa schüttelte bekümmert den Kopf. »Wie kann so ein kluges Kind wie unseres so blödsinnig der Werbung verfallen sein?«, fragte er. »Jeder normale Mensch flüchtet doch, wenn die Werbung kommt.«

»Nein!«, protestierte ich. »Die Leute kaufen wie die Deppen, was im Fernsehen beworben wird, also schwindeln sie, wenn sie sagen, dass sie die Werbung nicht anschauen.« Das wusste ich von meiner Mama.

»Eine traurige Welt, in der das möglich ist«, murmelte Lillis Papa, stapelte die leer gegessenen Teller auf einen Stoß und trug sie zum Geschirrspüler.

Lillis Mama fragte: »Und wie ist das jetzt? Wenn man

nicht mehr erkennen kann, was dieser Armin gerechnet hat und was Lilli verbessert hat, muss er die Arbeit wiederholen?«

»Ist anzunehmen«, sagte Lillis Papa. »Hat er wenigstens eine zweite Chance!« Er wischte mit einer Papierserviette Essensreste von den Tellern. »Es sei denn, er wird vor der Notenkonferenz nicht mehr gesund. Dann wird er wohl oder übel nach seinen bisherigen Arbeiten beurteilt.« Er tat die vorgesäuberten Teller in den Geschirrspüler. »Jedenfalls hat ihm Lilli so oder so nicht geschadet!«

Lillis Mama warf Lillis Papa einen ziemlich unfreundlichen Blick zu und ging wortlos aus der Küche.

»Siehst du das nicht auch so?«, fragte mich Lillis Papa, und ich versicherte ihm, dass ich das genauso sehe.

Wenn Lillis Mama kocht, macht Lillis Papa hinterher allein die Küche sauber. Ich half ihm dabei. Als wir fertig waren und ins Wohnzimmer kamen, saß dort bloß Lillis Mama und las Zeitung. Der Fernseher war abgeschaltet. Ohne von der Zeitung hochzuschauen, sagte Lillis Mama: »Lilli ist in ihr Zimmer gegangen. Sie ist erschöpft.«

»Mein Engelchen wird doch nicht auch grippekrank werden!«, rief Lillis Papa besorgt.

Dann fragte er mich, ob ich fernsehen wolle. Oder mit ihm etwas spielen. Mikado? Zweier-Schnapsen? Mühle fahren? Erstens hatte ich den Verdacht, dass er nicht wirklich drauf aus war, mit mir zu spielen, sondern mich bloß pflichtschuldigst unterhalten wollte, und zweitens war ich mir sicher, dass Lilli auf mich wartete. Also erklärte ich mich auch für müde, wünschte Lillis Eltern »Gute Nacht«, ging ins Bad, holte die Zahnbürste aus dem für mich reservierten Schrankabteil und putzte mir die Zähne. Dabei überlegte ich, ob ich duschen sollte. Danach zumute war mir, aber ich wollte Lilli nicht noch länger warten lassen. Bevor ich mit dem Zähneputzen fertig war, kam Lilli ins Bad. Sie setzte sich auf den Dreckwäschekorb und jammerte: »Herr im Himmel, was tu ich denn jetzt bloß? Ich kann doch meinen Papa nicht enttäuschen! Aber den ganzen Sommer über mit dem Deppen lernen, das steh ich nicht durch! Nicht einmal eine einzige Stunde steh ich mit ihm durch!«

»Jetzt wart mal ab!«, versuchte ich Lilli zu beruhigen.

»Was gibt es da noch abzuwarten«, jammerte Lilli weiter.

Ich spuckte Zahnpastaschaum, dann sagte ich: »Vielleicht kommt der Armin vor der Notenkonferenz gar nicht mehr in die Schule. Wenn der krank ist, fehlt er doch immer urlang. Dann kriegt er auf alle Fälle die Nachprüfung, und dann steckt ihn sein Vater in die Hauptschule. Hat er mir selber gesagt! Also braucht auch niemand für die Nachprüfung mit ihm lernen.«

»Wenn er aber doch noch vor der Konferenz kommt?«, fragte Lilli. »Wenn er schon morgen wieder in der Schule ist?«

»Dann würden wir eben eine Woche lang mit ihm lernen«, sagte ich. »Und ich würde dir dabei natürlich beistehen! Eine Woche würden wir den Kerl schon aushalten. Aber er kommt morgen sicher noch nicht. In einem Tag ist der Armin noch nie genesen!«

Das beruhigte Lilli. Sie sprang vom Dreckwäschekorb und schlug vor: »Wie wäre es, wenn wir uns ein laues

Schaumbad genehmigen?« Und das taten wir dann. In so viel Schaum, dass bloß unsere Köpfe aus dem Schaumgebirge rausschauten. Später, als wir auf Lillis zwei Meter breitem Hochbett lagen und das Licht gelöscht hatten, murmelte Lilli schlaftrunken: »Ich hab's gern, wenn du bei mir schläfst, zu zweit einschlafen ist kuschelig.«

Ich dachte beglückt: Sie hat mir total verziehen, dass ich ihr das ganze Schlamassel mit meiner Geschwätzigkeit eingebrockt habe!

Lillis Eltern sind, ganz im Gegensatz zu meinen, echte Frühstücksfreaks. Bei mir daheim trinkt jeder, meistens sogar im Stehen, bloß ein paar Schlucke Tee oder Saft und mampft ein paar Bissen Marmeladebrot, aber bei Lilli zu Hause wird richtig getafelt. Mit Müsli und Cappuccino und Kakao, mit Schinken, Speck und Eiern, mit Käse und Marmelade und Honig und frisch gepresstem Orangensaft. Damit man diese Pracht genießen kann, muss man natürlich viel früher aufstehen als bei mir daheim. Aber wenn ich bei Lilli schlief, wurde ich sowieso in aller Herrgottsfrühe munter, denn am Haus rattert, hupt und kreischt jede Menge Verkehr vorbei. Daran bin ich nicht gewöhnt. Wir wohnen in einer Fußgängerzone, in der vor neun Uhr Grabesstille herrscht. Meistens lag ich also schon putzmunter neben der schlafenden Lilli im Hochbett, wenn Lillis Papa an die Tür klopfte und »Frühstück ist fertig!« rief.

Ich finde, dass ein üppiges, friedlich eingenommenes Frühstück eine gute Unterlage zum Überstehen der Mühen und Plagen des kommenden Tages ist. Lilli findet das nicht. Sie schläft, den Verkehrslärm ignorierend, so lange, bis ihr Papa die Leiter hochklettert, ihr die Decke wegzieht und mahnt: »Engelchen, wenn du nicht sofort aufstehst, kommst du zu spät in die Schule.«

Meistens, wenn ich bei Lilli schlief, kamen wir auch tatsächlich zu spät in die Schule; auch dann, wenn wir rechtzeitig aus dem Haus gegangen waren. Lilli kann nämlich grandios die Zeit vertrödeln. Jedes Schaufenster interessiert sie, jeden Hund, der des Weges kommt, muss sie streicheln, und beim Kino, das auf ihrem Schulweg liegt, inspiziert sie sämtliche Standfotos im Schaukasten neben dem Eingang. Sogar die Plakate an den Litfaßsäulen muss sie lesen.

Wenn ich dann ungeduldig von einem Bein auf das andere trat und zum Weitergehen mahnte, sagte sie immer: »Renn halt voraus, wennst dir ins Hoserl machst.«

Natürlich rannte ich nie voraus und kam immer mit ihr zusammen zu spät. An diesem Mittwochmorgen war es nicht anders. Drei Minuten nach acht Uhr jappelten wir ins Schulhaus rein. Darauf, in der Garderobe die Sandalen gegen die Schulschlapfen zu tauschen, verzichteten wir und sausten in unsere Klasse. Aber die Englisch-Mausi hatte bereits mit dem Unterricht begonnen. Stirnrunzelnd schaute sie auf uns und sagte: »Lilli, du arbeitest ja emsig daran, dein Sündenregister zu komplettieren!«

»Man tut, was man kann«, sagte Lilli leise. Die Englisch-Mausi hatte es trotzdem gehört. »Wir werden gleich sehen, was du sonst noch kannst!«, rief sie. »Komm zur Tafel und lass dir diktieren!«

Lilli drückte mir ihren Rucksack in die Hand, murmelte »So was von einer Schnepfe« und ging zur Tafel.

Ich schlich zu unserem Pult. Dass ich keinen Rüffel abbekommen hatte, fand ich Lilli gegenüber unfair. Aber wenigstens, dachte ich, ist Armin noch immer krank! Das Pult hinter unserem Pult war nicht besetzt.

Die Englisch-Mausi schlug ein Buch auf und diktierte Lilli den Anfang eines Gedichts: »Dull must he be of soul, who could pass by, a sight …« Und Lilli schrieb mit quietschender Kreide auf die Tafel: »Dal mast hi bi of sol hu kud bas bei e seit …«

Lilli ist ja nun wirklich eine Niete in Englisch, aber eine derartige Niete ist sie klarerweise nicht. Das ist bloß so ihre Art, eine Schwäche vertuschen zu wollen. Absichtlich Fehler machen, damit nicht rauskommt, welche Fehler man unabsichtlich gemacht hätte!

Die Englisch-Mausi nahm den nassen Schwamm und wischte die Lautmalerei von der Tafel. »Hast du nicht schon genug Ärger am Hals?«, fragte sie und wachelte Lilli von der Tafel weg.

Lilli zuckte mit den Schultern und ging auf ihren Platz. Die Englisch-Mausi schaute sich suchend nach jemand anderem zum An-die-Tafel-Schreiben um. Viel Auswahl hatte sie nicht, denn wir waren auf elf geschrumpft. Schließlich fiel ihre Wahl auf mich, ich erledigte das Diktat fehlerlos, und Lilli zischte mir »Spielverderberin« zu, als ich wieder zu unserem Pult kam.

In der zweiten Stunde hatten wir Mathe. Ich war gespannt wie ein Flitzebogen. Wie, fragte ich mich und Lilli, wird sich die Dr. Bär verhalten? Lilli antwortete bloß cool: »Werden wir ja bald sehen.« Aber dass sie nicht wirklich cool drauf war, merkte ich daran, dass sie dauernd mit den oberen Schneidezähnen an der Unterlippe herumnagte. Das tut sie nur, wenn sie aufgeregt ist.

Die Dr. Bär strafte Lilli mit Verachtung! Sie schaute nicht ein einziges Mal zu unserem Pult. Aber das fiel nicht weiter auf, denn das bärsche Interesse an Lilli war noch nie groß; außer wenn sie an Lillis Betragen etwas auszusetzen hatte.

Ansonsten war an diesem Tag in der Schule rein gar nichts los. Nach der Mathestunde wurden wir, mangels gesunder Lehrpersonen, zwei Stunden von einem männlichen Beiwagerl beaufsichtigt. So nennen wir die Herren und Damen Studenten, die noch nicht unterrichten dürfen, sondern mit den Lehrern in die Klassen kommen und auf einem Platz in der hintersten Pultreihe den Lehrern lauschen, damit sie wissen, wie man unterrichtet. Das Beiwagerl, das man uns beschert hatte, war ein nettes Kerlchen. Er hockte sich an den Lehrertisch, sagte, er hat in einer Woche eine sauschwere Prüfung, und es wäre nett, wenn wir ihn in Ruhe dafür lernen lassen. Wir versprachen es, er schlug ein mitgebrachtes Buch auf und fing zu lesen an.

In der letzten Schulstunde hatten wir dann wieder normalen Unterricht. Der Religions-Fink, diesmal ohne Gitarre, stritt sich mit der Keksi über die Erbsünde. Die Keksi streitet oft mit dem Fink. Sie ist die Einzige in der Klasse, die sich für Religionsprobleme interessiert.

»Was kann denn ich dafür«, erregte sich die Keksi, »dass die Eva im Paradies den Apfel gepflückt und der Adam den Apfel verputzt hat?«

Der Fink wollte sie damit beruhigen, dass sie durch die

Taufe von der Erbsünde ja befreit sei. Aber die Keksi beharrte: »Und wenn mich meine Eltern nicht hätten taufen lassen, könnte ich doch auch nichts dafür!«

Der Fink meinte, dann könnte sich die Keksi als Erwachsene taufen lassen, und Keksi hielt ihm entgegen: »Und wenn ich schon als Kind gestorben wäre?«

Worauf der Fink ins Stottern kam und faselte, dass ein moderner Christ das »nicht so eng, sondern symbolisch« sehen müsse. Er war sichtlich froh, als die Schulglocke das Ende der Stunde ratschte. »Das vertiefen wir in der nächsten Stunde«, sagte er und dampfte ab.

Zum Mittagessen gab es Fleischlaberln und Kartoffelbrei. Der Kartoffelbrei war hellgrau und hatte die Konsistenz von pappigem Kleister. Und die Fleischlaberln rochen so widerlich, dass ich zu Lilli sagte: »Jetzt wollen sie wohl allen, die gegen die Sommergrippe immun waren, eine Salmonellenvergiftung anhängen!«

Kaum jemand vergriff sich an dem Grausfraß. Die Gerdi aus der 1a lief mit einem Fleischlaberl zu ihrer großen Schwester in die 7b rauf. Diese große Schwester ist unsere Schulsprecherin. Und die ging mit dem Fleischlaberl zur Frau Hofrat. Zehn Minuten später waren alle Fleischlaberln von unseren Tellern und den Servierwägen eingesammelt, und die Frau Hofrat ließ uns Nachmittagsbetreuten ausrichten, dass wir in spätestens einer halben Stunde ein Lunchpaket bekommen würden.

Die Lunchpakete wurden tatsächlich eine Stunde später von einem Catering geliefert. Was drin war, schmeckte recht ordentlich. Bloß Lilli motzte rum. Sie fand die Salami in den Doppeldecker-Sandwiches »seifig«, den Käse »plastikartig«, und das Brot war ihr zu »wattig«. Da sie aber alle drei Sandwiches im Nu verputzt hatte, dürften sie ihr nicht zu schlecht geschmeckt haben.

Der Donnerstag verlief auch total ruhig. Etliche der erkrankten Kollegen waren wieder in der Klasse, aber der Armin gehörte nicht zu ihnen. Er kam auch am Freitag nicht, als die Klasse fast schon wieder komplett war. Und Lilli kaute noch immer mit den Schneidezähnen an der Unterlippe herum und erkundigte sich bei mir in regelmäßigen Abständen: »Was können diese Wappler eigentlich morgen bei der Disziplinarkonferenz über mich beschließen?«

Da ich wirklich keine Ahnung hatte, was die Wappler beschließen könnten, schlug ich Lilli vor, unsere Schulsprecherin zu fragen. Vor dem Mittagessen liefen wir in die 7b rauf, und Lilli trug der Schulsprecherin die ganze Angelegenheit vor. Die Schulsprecherin und ein paar andere 7b-Schüler, die zugehört hatten, waren zuerst einmal total hingerissen von Lillis Supercoup. Übrigens war Lilli so anständig, nicht zu erzählen, dass ich alles hatte auffliegen lassen. Sie sagte bloß: »Eine Freundin, der ich es leider erzählt habe, hat es blöderweise einem Buben weitererzählt, der ...«

Dann debattierten die Schulsprecherin und die anderen, die zugehört hatten, hin und her und her und hin, und schließlich einigten sie sich darauf, dass Lilli wohl nicht mehr zu erwarten habe als eine »Verwarnung« und eine grausige Note in Betragen.

Lilli hüpfte im Schritt-Schritt-Wechselschritt aus der 7b und frohlockte: »Die Verwarnung lasse ich mir einrahmen, und die Betragensnote kostet mich einen Lacher!«

5. Kapitel

in welchem sich Oma Gretls Lieblingssprichwort, nämlich dass man den Tag nicht vor dem Abend loben sollte, leider als grundrichtig erweist.

Armin fehlte auch am Samstag, als alle anderen Grippeopfer wieder in der Schule waren, und ich sagte zu Lilli: »Du wirst sehen, der Knabe kommt überhaupt nicht mehr. Der geht von der Grippe gleich in die Ferien und von den Ferien gleich in die Hauptschule.«

Und Lilli sagte drauf: »Will ich auch schwer hoffen! Kann ja echt nicht sein, dass mir diese Null den Sommer versaut.«

Die Disziplinarkonferenz wegen Lilli wurde während der dritten Schulstunde abgehalten. Deshalb hatten wir statt Mathematik wieder das männliche, für seine sauschwere Prüfung lernende Beiwagerl, weil die Dr. Bär ja, wohl als »Hauptanklägerin«, an der Konferenz teilnahm. Das Beiwagerl las in seinem mitgebrachten Buch, und wir Schüler störten ihn nicht.

Übrigens wussten plötzlich alle in der Klasse, warum Lilli am Dienstag zur Frau Hofrat befohlen worden war und dass heute unsere Klassenlehrer, abgesehen von den zwei grippekranken, in einer Extrakonferenz über Lilli zu Gericht sitzen. Keksis Mutter, die an einem anderen Gymnasium Englischlehrerin ist, hatte es Freitagnachmittag bei einem Englischlehrertreffen von unserer Englisch-Mausi erfahren und hinterher ihrer Tochter erzählt, und Keksi hatte ihr Wissen brühwarm als SMS-Botschaften an ein paar Freunde und Freundinnen weitergegeben. Der Rest der Klassenbelegschaft wurde von den Wissenden dann am Samstag in der Früh informiert. Falls irgendjemandem in der Klasse Lillis Supercoup nicht »grandios« vorkam, verschwieg er es. Sämtliche Kommentare waren voll der Bewunderung und Anerkennung. Saublöd stand bloß ich da! Als dümmlich geschwätzige Person, die ihrer besten Freundin und dem Armin alles vermasselt hatte. Aber das, sagte ich mir schuldbewusst, musste ich wohl oder übel aushalten.

In der vierten Schulstunde, die am Samstag gottlob unsere letzte ist, hatten wir Biologie beim Schönen Rudi. Der Schöne Rudi ist nicht wirklich schön, er hält sich bloß dafür. Wir haben in der Klasse, über dem Waschbecken, einen großen Spiegel. Jedes Mal, wenn der Schöne Rudi während des Vortragens am Waschbecken vorbeikommt, bleibt er kurz stehen, schaut sich sein stets sonnengebräuntes Gesicht ganz begeistert im Spiegel an und ordnet, falls es ihm nötig erscheint, seine strohblond gebleichten Stirnlöckchen neu. Ansonsten ist er ein netter Kerl, er will keine »Respektsperson« sein, sondern gibt sich als guter Freund, voll Verständnis für uns und unsere Sorgen. Also hatten wir keine Scheu, ihn zu fragen, was bei der gerade zu Ende gegangenen Extrakonferenz rausgekommen ist. Doch er sagte, das darf er uns wirklich nicht erzählen, sonst kommt er in Teufels Küche. Das wird Lilli am Montag von der Frau Hofrat erfahren, da darf er nicht »vorgreifen«.

Aber dann sagte er doch noch augenzwinkernd: »Schlaflose Nächte bis dahin musst du dir nicht machen, liebe Lilli. Die Mehrheit der Lehrer hat da nämlich geteiltes Verschulden gesehen.« Worauf Keksi rief: »Na sowieso und überhaupt! Das hat meine Mutti ja auch gleich gesagt, dass die Lilli nicht allein die ganze Schuld hat. Die Tanzbärin hätte nämlich sofort nachzählen müssen, ob sie alle Hefte wieder eingesammelt hat! Und die Frau Brunner hätte Lilli auch nicht mit dem Tablett unbeaufsichtigt ins Lehrerzimmer reinschicken dürfen!«

Der Schöne Rudi ersuchte zuerst Keksi, in seiner Anwesenheit eine Frau Kollegin nicht »Tanzbärin« zu nennen, dann ersuchte er uns alle, das Thema zu wechseln, weil er ohnehin bereits viel zu viel ausgeplaudert hat. Wir taten ihm den Gefallen und lauschten brav seinen Ausführungen über das rapide Aussterben der Alpenblumen und dessen vermutliche Ursachen, bis die Schulglocke dem Unterricht das Ende ratschte.

Nach der Schule gingen Lilli und ich in den italienischen Eissalon. Nicht bloß auf ein »Schleckeis«, sondern auf ein »Sitzeis mit Bedienung«. Lilli lud mich zur Feier des Extrakonferenztages auf einen Banana-Split und einen Limetten-Shake ein. Das Geld für diese Einladung musste ich ihr »vorstrecken«, denn Lilli hatte ihr wöchentliches Taschengeld schon immer am Montag, am Tag der Auszahlung, komplett verbraucht; was kein Wunder war, weil sie mir da die Schulden zurückzahlte, die sie in der vergangenen Woche bei mir gemacht hatte.

Dann inspizierten wir ein gutes halbes Stündchen

Boutiquenschaufenster in der Gegend. Aber die Gegend, in der wir wohnen, ist keine, wo es Boutiquen mit echt coolen Klamotten gibt. Wir sahen nichts, was uns wirklich gefallen hätte, und beschlossen, am Sonntagvormittag in die City reinzufahren, um dort die Schaufenster zu begutachten. Schließlich war es kurz vor den Ferien, und somit auch vor dem Urlaub, und wir hatten Bedarf an Sommer-Sonne-Strand-Klamotten. Aus denen vom letzten Jahr waren wir gottlob rausgewachsen, vor allem um die Brust rum. Dieses Uraltzeug, sagten wir uns, können uns unsere Mamas trotz ihrer neuen Geiz-ist-geil-Haltung nicht mehr andienen.

Kurz nach ein Uhr war es, als wir uns am Kirchenplatz mit einem »Bis morgen dann« verabschiedeten. Lilli latschte gemächlich die Straße runter, ich jappelte hurtig die Straße rauf. Weil bei mir daheim am Samstag um ein Uhr gegessen wird und mein Papa nicht ohne mich essen will und meine Mama stocksauer wird, wenn sie wegen mir das Essen »warm halten« muss. Es gab aber ohnehin nichts Gekochtes, sondern bloß Aufschnitt und Käse.

»Sag mal, Süße«, erkundigte sich mein Papa interessiert beim Essen, »was hat dir denn der Marcel getan? Ich habe heute mit dem Kurtl telefoniert, und der hat gesagt, dass ich dir von seinem Sohn bestellen soll, dass ihm das alles furchtbar Leid tut und es wirklich nicht seine Absicht war! Aber er hat auch nicht gewusst, worum es geht. Der Marcel hat ihm bloß gesagt, du wüsstest schon Bescheid.«

Also erzählte ich ihnen die ganze Geschichte, und zwar die »echte Version«, und nahm ihnen das Versprechen ab, Lillis Eltern nicht zu sagen, dass Lilli kein Mitleid mit Armin gehabt, sondern bloß wieder einmal eine »günstige Gelegenheit« wahrgenommen hatte. Meine Eltern schworen, wie Gräber zu schweigen, und wenn sie etwas schwören, halten sie sich eisern daran. Sie waren außerdem so nett, meine Geschwätzigkeit mit »Das hast du ja wirklich nicht ahnen können« zu entschuldigen. Wir räumten gerade den Esstisch ab, da klingelte mein Handy. Lilli war dran und sagte aufgeregt: »Ich bin in zehn Minuten bei dir!«

Bevor ich sie fragen konnte, was denn los ist, hatte sie schon die Aus-Taste gedrückt.

Sieben Minuten später klingelte Lilli an unserer Wohnungstür! Sie musste schneller als ein Wiesel gerannt sein. In normalem Gehtempo braucht man von ihrer Wohnung zu unserer fast eine Viertelstunde. Ich wollte Lilli ins Wohnzimmer führen, aber sie steuerte, ohne meine Mama und meinen Papa zu begrüßen, mein Zimmer an, knallte die Tür hinter sich zu, setzte sich auf meinen Schreibtisch und sagte: »Ich werde glatt wahnsinnig und dreh durch, wenn ich nicht bald auf eine Idee komme, wie ich mich da herauswinden kann!«

»Ich versteh nur Bahnhof«, sagte ich. »Wo willst dich herauswinden? Was ist denn passiert, Lilli?«

»Mach deine Lauscher auf«, sagte Lilli, »und lass dir den Shit berichten!« Ich setzte mich auf mein Bett und dann erzählte mir Lilli kurz gefasst Folgendes:

Ihre Mama und ihr Papa machen sich – so gegen zehn Uhr – zum Weggehen bereit, weil sie in einen Supermarkt zum Getränke-Großeinkauf fahren wollen. Da surrt die Gegensprechanlage, Lillis Mutter nimmt den Hörer ab und eine Frauenstimme sagt zuerst, dass sie Meier heißt und die Mutter vom Armin ist, und fragt dann, ob sie kurz raufkommen darf, sie hat für Lilli etwas abzugeben. Lillis Mutter drückt den Türöffner, die Frau Meier wieselt die Treppe hoch und kommt mit einem kleinen Parmaveilchenstock, in dem zwischen den Parmaveilchen ein großes nilgrünes Briefkuvert steckt, zur offenen Leitermeiertür. Sie will nicht in die Wohnung reinkommen, weil sie nicht stören will, sagt sie. Aber sie ziert sich bloß ein bisschen und kommt dann doch rein und nimmt sogar die Einladung auf einen Espresso an. Während sie den Espresso trinkt, sagt sie, dass sie am vergangenen Mittwoch telefonisch in die Schule zitiert worden ist, wo ihr die Frau Hofrat die Sache mit der von Lilli »verbesserten« Arbeit berichtet und gesagt hat, dass der Armin die Arbeit wiederholen muss, wenn er gesund ist. Und die Frau Meier erzählt auch, dass der Armin, wie sie heimgekommen ist und es ihm gesagt hat, erstaunlicherweise gar nicht enttäuscht, sondern direkt glücklich gewesen ist. Weil er nämlich Lilli so furchtbar gern hat! Und weil er immer geglaubt hat, dass sie ihn überhaupt nicht leiden kann, und sehr darunter gelitten hat. Aber wenn Lilli das für ihn riskiert hat, hat er zu seiner Mutter gesagt, muss sie ihn auch irgendwie gern haben. Für jemanden, den man nicht leiden kann, tut man doch so etwas nicht, da ist es einem doch egal, ob der sitzen bleibt oder nicht. Die Frau Meier erzählt das so, dass Lillis Mama und Lillis Papa klar wird: Die ist der gleichen Meinung wie ihr Sohn! Also nicken sie zustimmend. Wäre ja taktlos, zu widersprechen und zu sagen, dass man auch mit Volldeppen Mitleid haben kann. Und Lillis Papa erklärt hierauf der Frau Meier, dass seine Tochter eingesehen hat, »falsch« geholfen zu haben, und dass sie nun zur Wiedergutmachung bereit ist, »richtig« zu helfen und den ganzen Sommer über mit dem Armin Mathematik zu lernen, damit er im Herbst die Nachprüfung schafft. Ja, ja, sagt er strahlend, so ein nettes, liebes Kind ist sein Engelchen! Die Frau Meier ist total gerührt. Lillis Mama fragt zwar, ob ein ausgebildeter Mathelehrer zur Nachhilfe nicht doch etwas geeigneter als ihre Tochter wäre. Nein, nein, versichert die Frau Meier, wenn ihr Armin mit Lilli lernt, strengt er sich garantiert mehr an als bei einem noch so guten Nachhilfelehrer, denn er ist doch richtig verknallt in Lilli, und da will er vor ihr sicher nicht als begriffsstützige Dolm dastehen. Und außerdem, sagt sie, kann sie sich gar keine Nachhilfestunden leisten. Sie ist jetzt seit einem halben Jahr von Armins Vater geschieden, und der zahlt exakt nur die lächerlichen Alimente, zu denen ihn das Gericht gezwungen hat, und keinen einzigen Cent mehr. Wenn der Bub fürs Gymnasium zu blöd ist, soll er eben in die Hauptschule gehen, ist der beinharte Standpunkt vom geschiedenen Vater, obwohl er sehr gut verdient. Und sie selbst ist zwar gelernte Buchhändlerin, war aber, solange sie verheiratet gewesen ist, nicht berufstätig und hat nach der Scheidung nur eine Vormittagsanstellung in einer Buchhandlung bekommen. Da verdient sie so wenig, dass sie keine Nachhilfestunden bezahlen kann. Sie hat ohnehin schon ein ziemlich »überzogenes« Konto, weil die Miete für die Wohnung hoch, aber eine billigere Wohnung leider nicht zu finden ist. Nachdem Lillis Mama das gehört hat, ist sie auch hundertprozentig dafür, dass Lilli die Nachhilfe übernimmt, denn Lillis Mutter ist klarerweise solidarisch mit einer geldmäßig knappen Alleinerzieherin. Und dann einigen sich Lillis Eltern und die Mutter vom Armin darauf, dass Armin gar nicht mehr versuchen soll, die Mathearbeit zu wiederholen, weil das wahrscheinlich nichts bringt außer einem neuerlichen Misserfolg, den er verkraften müsste, und dass er deshalb vor den Ferien besser gar nicht mehr in die Schule kommen, sondern sich daheim ordentlich von der Grippe erholen soll, und dass Lilli dann gleich in der ersten Ferienwoche mit der Nachhilfe beginnt.

»Dreimal die Woche eine Doppelstunde bevor wir in den Urlaub fahren, und nachher auch! Ohne mich zu fragen, haben die Wappler das ausgemacht!«, regte sich Lilli auf und rechnete mir dann blitzschnell vor: »Neun Wochen Ferien minus drei Wochen Urlaub ergibt sechs Wochen zu je drei Doppelstunden, also sechsunddreißig Stunden mit dem Kerl! Das ist der helle Wahnsinn!«

Ich wagte bloß zu sagen, dass Lilli ihrem Papa die Armin-Nachhilfe ja bereits versprochen hatte, dass er sie also nicht extra noch einmal hatte fragen müssen, doch das machte Lilli fuchsteufelswild. »Aber du hast behauptet, dass ich den Stinkekerl nie-nie-nie mehr zu sehen brauche, dass der ohne Verabschiedung spurlos ins Nirwana abtauchen wird!«, fauchte sie mich an. »Und ich blöde Kuh habe dir geglaubt!«

Ich verzichtete darauf ihr zu erklären, dass es nichts geändert hätte, wenn ich das nicht gesagt hätte oder sie es mir nicht geglaubt hätte. Ich wollte sie nicht noch fuchsteufelswilder machen. So sagte ich bloß: »So gut ich kann, werde ich dir natürlich beistehen!« Wobei ich keine Ahnung hatte, wie ich ihr beistehen sollte.

Lilli sagte, nicht mehr ganz so wutschnaubend: »Das ist auch das Mindeste! Ohne dich hätte ich nämlich den ganzen Quadrat-Shit gar nicht auf dem Buckel!«

»Sehe ich ja ein«, murmelte ich brav. Obwohl ich ihr lieber gesagt hätte, dass sie nicht mir die ganze Schuld zuschieben und wenigstens ein bisschen davon auf sich nehmen sollte.

»Das hilft mir aber nichts«, sagte Lilli. Es klang nicht mehr fuchsteufelswild, sondern fast friedlich. »Sag mir lieber, wie ich dem Horrorjob entkommen kann!«

»Ich könnte ja«, schlug ich schweren Herzens vor, »die Nachhilfestunden übernehmen. Ich bin zwar nicht so ein Mathekapazunder wie du, aber für den Armin wird es sicher reichen.«

Vielleicht, dachte ich mir dabei, wäre das ohnehin besser. Richtige Mathekapazunder sind nämlich oft schlechte Erklärer, weil sie sich gar nicht vorstellen können, warum eine Matheniete etwas nicht kapiert, während eine Durchschnittsleuchte wie ich, die alles selbst mühsam kapieren musste, eher ahnt, wo bei einer Matheniete das Problem liegt. »Aber das geht doch nicht!«, jammerte Lilli. »Was würde denn mein Papa von mir denken, wenn ich dir den Armin anhänge?«

Darauf wusste ich keine andere Antwort, als zu sagen,

dass es bis zum Ferienanfang noch fast drei Wochen sind und dass uns bis dahin schon noch irgendetwas einfallen wird.

Worauf Lilli raunzte: »Hoffentlich hast du wenigstens damit Recht!«

Natürlich glaubte ich nicht wirklich daran, dass mir oder Lilli bis zum Schulschluss einfallen würde, wie dem Horrorjob zu entgehen wäre. Ich versuchte sie bloß ein bisschen zu beruhigen. Ich kenne Lilli schließlich fast besser als mich selbst, und so war mir klar, dass sie jetzt dringend aufbauenden Zuspruch brauchte. Und ich war von klein auf drauf trainiert, Lilli zu liefern, was sie haben will. Lilli war tatsächlich beruhigt. Sie grinste sogar, als sie aus einer Jeanstasche ein nilgrünes, gefaltetes Blatt Papier zog und mir zuwarf. »Das ist der Brief, der in den Veilchen gesteckt ist!«, sagte sie. »Meine Mama war fast zu Tränen gerührt von dem Kitsch-Käse.«

Ich entfaltete das nilgrüne Blatt Papier. Darauf stand in toller Schönschrift, mit Zierleiste aus kleinen roten und rosa Buntstiftherzen rundherum:

Liebe Lilli,
seit ich am Mittwoch von meiner Mama erfahren habe, was du für mich getan hast, will ich dich anrufen und dir dafür danken. Aber das traue ich mich nicht! Darum schreibe ich dir diesen Brief. Schreiben geht leichter als reden. Ich bin so froh, dass ich jetzt weiß, dass du mich ein bisschen magst. Ich habe immer geglaubt, dass ich dir zuwider bin. Leider werden wir im Herbst nicht mehr zusammen in eine Klasse gehen können. Wenn ich die Mathearbeit wiederhole, kriege ich auf alle Fälle

einen Fleck, und dann muss ich in die Hauptschule gehen. Aber wir können uns ja auch außerhalb der Schule sehen und viel Freizeit miteinander verbringen.
Dein Mitschüler und hoffentlich auch Freund
Armin

PS: Viele Grüße an Marlen, die sicher traurig ist, dass sie dir alles verpatzt hat.

Ich faltete den nilgrünen Brief und wollte ihn Lilli zurückgeben, aber Lilli verweigerte die Annahme und rief: »Wirf den bloß in den Papierkorb, ich krieg glatt einen allergischen Ausschlag, wenn ich ihn noch mal anfasse!«

Das brachte ich nicht übers Herz. Ich legte den Brief auf mein Kopfkissen. Fast zu Tränen gerührt, wie es Lillis Mama angeblich gewesen ist, war ich zwar von Armins Brief nicht, aber ein bisschen gerührt war ich schon. Weil ich mir den dicken Knaben vorstellte, wie er fiebrig im Bett sitzt und glückselig rote und rosa Herzchen malt und sich falsche rosarote Hoffnungen macht. Anscheinend hatte ich, mir den Herzchenmaler vorstellend, geseufzt, denn Lilli fragte: »Was ist? Warum seufzt du denn?«

»Nur so ganz allgemein«, murmelte ich und Lilli gab sich damit zufrieden.

Dann kam mein Papa zu uns ins Zimmer und fragte, ob wir mit ihm zu unserem Bio-Bauern fahren wollen, um Kirschen, Eier, Schwarzbrot und Speck zu holen. Unser Bio-Bauer hat seinen Hof am Stadtrand und er hat auch Ziegen. Diese Ziegen haben es mir angetan, weil sie so einen gigantischen Blick haben, die schauen einen an, dass man meinen könnte, sie wissen über die ganze Welt Bescheid. Also wollte ich mitkommen. Lilli lehnte ab. Sie muss hurtig heim, sagte sie, sie geht mit ihrem Papa ins Technische Museum, alte Flugzeuge anschauen.

Als Lilli weggegangen war, fragte mich mein Papa: »Seit wann liebt denn Lilli alte Flugzeuge?«

»Ihr Papa liebt alte Flugzeuge«, antwortete ich, »Lilli tut nur so, damit er sich freut.«

Und mein Papa sagte: »Hätt ich mir ja gleich denken können.«

Auf der Fahrt zum Bio-Bauern sagte mein Papa plötzlich: »Mir kommt es so vor, Marlen, als ob dich die liebe Lilli ziemlich dominieren würde.«

»Was heißt do-mi-nieren?«, fragte ich.

»So was wie unterdrücken. Jemandem den eigenen Willen aufs Auge drücken«, erklärte mein Papa.

»Quatsch! Das tut sie echt nicht«, versicherte ich ihm. »Wie kommst denn darauf?«

Mein Papa gab mir keine Antwort. Er zuckte bloß mit den Schultern. Und mich beschlich der Verdacht, dass er Lilli und mich belauscht haben könnte. Dann überlegte ich mir aber, dass mein Papa kein Lauscher ist. Wenn da jemand gelauscht hat, sagte ich mir, dann war es meine Mama.

6. Kapitel

in welchem sich die Tage bis zum Schulschluss wie Kaugummi ziehen und Lillis Mama eine grauenhafte Idee hat, gegen die mein Papa Einspruch erhebt.

Am Montag, eine Minute vor acht Uhr, die Schulglocke hatte noch gar nicht geratscht und der Schöne Rudi war noch nicht in der Klasse, kam der Schräge Franz und führte Lilli in die Direktion ab. Ein vielstimmiges »toi-toi-toi« gaben die Kollegen Lilli auf den Weg mit. Und Keksi rief: »Halt dich tapfer!«

Ich sagte gar nichts, ich zeigte Lilli bloß meine beiden fest daumenhaltenden Fäuste.

Kaum eine halbe Stunde später saß Lilli wieder, sehr zufrieden grinsend, neben mir. »Wenn das eine ernste Verwarnung gewesen sein soll«, zischelte sie mir zu, »dann habe ich überhaupt nichts dagegen, jede Woche eine zu kassieren. Auf der Polstergarnitur habe ich sitzen dürfen! Sogar eins von den klebrigen Himbeerzuckerln hat sie mir angeboten.«

Mehr zischelte Lilli nicht, weil der Schöne Rudi zu unserem Pult gewandert kam und Lilli allerhöflichst ersuchte, die Freundlichkeit zu haben, mir ihren detaillierten Verwarnungsbericht, so interessant er auch sein mag, erst in der nächsten Pause vorzutragen.

Lilli nickte ihm zu und sagte: »Kein Problem, mach ich doch glatt!« Und sie hielt sich auch dran.

Den neugierigen Kollegen erzählte Lilli in der nächsten Pause bloß, dass die Frau Hofrat »gnädig« gewesen und die Sache nun »abgehakt« ist, und die Polstergarnitur und das Himbeerzuckerl erwähnte sie natürlich auch. Doch mir erzählte sie nach dem Mittagessen dann, dass die Frau Hofrat unbedingt mit ihr über das »Schicksal« reden wollte.

»Einen ellenlangen Vortrag habe ich mir anhören müssen«, sagte Lilli. »Über Glauben und Aberglauben und solches Zeug und dass der Glaube ans Schicksal zu den Aberglauben gehört, weil der Mensch einen freien Willen hat, und dass man nicht fürs Schicksal halten darf, was in Wirklichkeit bloß Zufälle sind, weil man sich sonst ausgeliefert fühlt.«

»Und du?«, fragte ich. »Was hast du gesagt?«

»Nichts!«, antwortete Lilli. »Ich habe bloß genickt wie die Blöde! Nur zum Schluss, wie sie gesagt hat, dass ich drüber nachdenken soll, habe ich gesagt, dass ich das sicher tun werde und dass ich jetzt, nach diesem Gespräch mit ihr, alles besser verstehe. Und da war sie sehr zufrieden.«

Ansonsten geschah an diesem Tag nichts, was erwähnenswert wäre. Und die folgenden Tage der Woche waren auch unauffällig und langweilig. Im Vormittagsunterricht sumpften wir vor uns hin, zu Mittag kriegten wir den üblichen Grausfraß, die Nachmittage vertrödelten wir im schattigen Schulhof beim Dreier-Schnapsen, bei dem Lilli bald nicht mehr mitspielte, weil sie ein paarmal verloren hatte. Und jeden Tag fragte mich Lilli etliche

Male, ob mir »endlich etwas Brauchbares eingefallen« sei. Ganz so, als wäre es einzig und allein meine Sache, ihr Stinke-Armin vom Leib zu halten. Ich protestierte nicht dagegen, sondern sagte bloß immer entschuldigend: »Bis jetzt noch nicht, Lilli, aber ich bin da hinterher.«

Und Lilli sagte, von Tag zu Tag ungeduldiger: »Wird aber langsam Zeit, Marlen. Sonst brennt echt der Hut!«

Also ging ich in der letzten Woche vor den Ferien dazu über, Lilli mangels einer brauchbaren Idee ziemlich vertrottelte Vorschläge zu machen.

Ich sagte etwa: »Du könntest vielleicht auf krank spielen, zum Beispiel die Sommergrippe nachholen. Wenn du krank bist, kannst du nicht mit dem Armin lernen!«

»Aber sicher!«, keifte Lilli. »Neun Wochen krank spielen, das kann ja wohl nicht dein Ernst sein! Du gehst ins Bad und saust über die Rutsche in Wasser, und ich liege im Bett. Du frisst Vanilleeis, und ich krieg ungezuckerten Kamillentee. Du flanierst in der City rum, und ich krieg Essigpatscherln! Könntest du mir außerdem erklären, welche Krankheit man neun Wochen glaubhaft vormogeln kann?« Das konnte ich natürlich nicht.

Ich schlug auch vor, dass Lilli dem Armin eine einzige Mathestunde gibt und dann ihrem Papa todtraurig erklärt, dass bei dem armen Knaben leider Hopfen und Malz verloren ist und sie ihm nichts beibringen kann, aber es für ihn ohnehin viel besser ist, in die Hauptschule zu gehen, wo er nicht gar so total überfordert ist! Das, fand ich, wäre nicht mal gelogen, sondern entspräche den nackten Tatsachen.

»Du kapierst einfach nicht, um was es geht, du blöde Kuh!«, schrie mich Lilli an. »Mein Papa erwartet von mir, dass ich den Armin mathefit mache! Wenn ich ihm sage, dass ich das nicht kann, enttäusche ich ihn genauso, wie wenn ich sage, dass ich es nicht will. Darum geht es!«

Und da nahm ich meinen ganzen Mut zusammen und schrie zurück: »Dann enttäusche deinen Papa eben nicht und lern halt mit dem Armin! Kostet dich ja nicht mehr als sechsunddreißig Stunden deines kostbaren Lebens, du blöde Kuh!«

Ich glaube, es war das erste Mal in meinem Leben, dass ich Lilli angeschrien habe, und erstaunlicherweise nahm sie es mir gar nicht übel. Sie schaute mich bloß ziemlich verwundert an, schluckte ein paarmal und sagte dann seufzend: »Hab mir eh schon gedacht, dass mir nichts anderes übrig bleiben wird! Aber ohne dich mache ich das nicht! Du musst jedes Mal dabei sein, wenn er kommt! Sonst gesteht mir der Depp vielleicht noch seine ewige Liebe«, Lilli schüttelte sich wie ein Hund, der aus dem Wasser kommt, »und versucht mich zu küssen!«

Ich versprach mit großem Ehrenwort, bei jeder der Mathedoppelstunden, von der ersten Minute bis zur letzten, anwesend zu sein. Damit, sagte ich mir, tilge ich die ganze Schuld, die ich durch meine Geschwätzigkeit auf mich geladen habe. Und darauf, dass ich zurückgeschrien hatte, war ich ungeheuer stolz! Hätte das mein Papa gehört, dachte ich mir, würde er nicht mehr sagen können, dass sich seine Tochter von ihrer Freundin »dominieren« lässt.

Auf Urlaub nach Sardinien fuhren wir jedes Jahr am Montag der dritten Juliwoche. Montag deshalb, damit wir der samstäglichen Massenwanderung gen Süden entgehen. Den armen Pauschaltouristen bleibt ja nichts anderes übrig, als am Samstag zu fahren, weil die meisten Hotels nur von Samstag bis Samstag zu buchen sind. Aber wir wohnen nie in einem Hotel, wir mieten ein Haus. Eines, das so groß ist, dass es bequem für meine Eltern, Lillis Eltern, Lilli und mich reicht. Und unter »bequem« verstehen meine Mama und mein Papa, dass es mindestens drei Zimmer mit Doppelbetten, ein großes Wohnzimmer und eine Küche im Haus gibt. Und – ganz wichtig – zwei Bäder und zwei Klos. Darauf besteht mein Papa! Er wird wahnsinnig, wenn er vor einer Klotür warten oder zehnmal an eine Badezimmertür klopfen und anfragen muss, wann er endlich reinkann. Vor drei Jahren hatten wir ein wunderschönes Haus auf Sardinien, aber leider gab es dort nicht, wie vom Makler versprochen, zwei Badezimmer, sondern nur eines. Und dazu war das einzige Klo in diesem Bad. Da wäre mein Papa wieder heimgefahren, wenn ihm nicht meine Mama mit Scheidung gedroht hätte. Seither buchte meine Mama – denn sie war immer dafür zuständig – ein Urlaubshaus nur dann, wenn im Internet Fotos von sämtlichen Räumen und der genaue Bauplan zu sehen waren. Gern machte meine Mama diese Hausbucherei sowieso nicht. Weil es urschwierig ist, ein Haus zu finden, an dem keiner etwas auszusetzen hat. Mein Papa hat es wie gesagt mit den Bädern und den Klos. Lillis Papa jammert, wenn das Haus weiter als fünf Gehminuten von einem einsamen Strand entfernt ist. Lillis Mama ist frustriert, wenn es keine optimale »Nahversorgung« gibt. Sie braucht unbedingt schnuckelige Läden, wo man frische Fische und schönes Obst und Gemüse und T-Bone-Steaks kaufen kann. Und Lilli zieht ein langes Gesicht, wenn in der näheren Umgebung »rein gar nichts los« ist, wenn dort, wie sie es nennt, »tiefste Provinz herrscht« und ihr auf dem abendlichen Corso beim Flanieren bloß »sardische Bauerntrampeln« entgegenkommen und über sie lauthals Bemerkungen machen, die sie nicht versteht. Und ich motze, wenn auf den Wellen braunes Seegras herumwabert. Da bringen mich keine zehn Rösser in das Wasser rein. So was von ekelhaft, wenn sich einem das glitschige Zeug an den Leib klebt! Da wären mir ja noch Quallen lieber!

Das Haus, das meine Mama im Januar für diesen Sommer gefunden hatte, war, ihrer Meinung nach, für alle Wünsche »einfach ideal«. Allerdings kostete die Miete für drei Wochen, so wie jedes Jahr, sehr viel Geld. Früher hatte das die beiden Mamas nicht gestört. Nun, wo sie auf das Bauernhaus im Burgenland sparten, jammerten sie gewaltig. »Für so viel Geld«, klagte meine Mama, »könnte man ja fast schon den Gemüsegarten hinter einem Bauernhaus im Burgenland kaufen!«

Und Lillis Mama raunzte meine Mama an: »Kannst du denn deinem werten Herrn Gemahl nicht diesen lächerlichen Klo-Bad-Tick ausreden?«

Aber meine Mama sagte tief seufzend zu Lillis Mama: »Den Bad-Klo-Tick kann ich ihm nicht ausreden, da hat er eine tief sitzende Meise! Aber ich würde klarerweise einsehen, wenn wir dieses Jahr getrennt Urlaub machen, weil dir das Haus zu teuer ist.«

Dagegen protestierten natürlich Lilli und ich! Außerdem rechnete Lillis Mama aus, dass die Kosten fürs »einfach ideale« Haus, geteilt durch zwei, auch nicht viel höher waren als die Kosten für ein einzelnes Drei-Personen-Haus. Und so gab sie meiner Mama das »Okay« zum Anmieten.

Zwei Tage vor Schulschluss war es, da sagte mein Papa mitten in den Zwanzig-Uhr-fünfzehn-Krimi hinein: »Interessiert euch das sehr oder kann ich euch was Witziges berichten?«

»Nur zu!«, sagte meine Mama und drückte dem Krimi den Ton weg. Sie entscheidet gern für mich mit!

»Ich wollt es schon beim Abendessen erzählen«, sagte mein Papa. »Aber dann hab ich es vergessen. Die Tannebergs haben sich, angeregt durch unsere Sardinien-Schwärmerei, um Quartier in Sardinien bemüht und ausgerechnet ein Hotel in Santa Margherita gefunden!« (Die Tannebergs sind Marcel und seine Eltern, und Santa Margherita ist der Ort, wo das »einfach ideale« Haus steht.)

»Na toll«, sagte meine Mama. Es klang wenig erfreut.

»Wieso klingst du so sauer?«, fragte mein Papa. »Hast du was gegen sie? Ich hab gedacht, du findest sie nett.«

»Ich hab nichts gegen sie«, sagte meine Mama. »Aber das kannst du der Frau Blaschek erzählen, dass dein Spezialkumpel Kurtl rein zufällig auf ein Hotel in Santa Margherita gekommen ist. Das habt ihr hinterrücks ausgemacht! Und ich hab was dagegen, dass du im Urlaub deine Männerfreundschaften pflegst, da will ich nämlich mit dir zusammen sein.«

Mein Papa beteuerte, dass er wirklich nichts »hinterrücks ausgemacht« habe und meiner Mama und auch mir im Urlaub jede Menge Zeit widmen werde!

»Wird sich ja bald herausstellen!«, sagte meine Mama und drückte dem Krimi wieder den Ton an. Aber da das sowieso ein sehr verworrener Krimi war und wir nun auch noch ein paar Minuten von ihm verpasst hatten, konnten wir der Handlung nicht mehr recht folgen. Und wenn meine Mama beim Fernsehen etwas nicht kapiert, fragt sie dauernd nervtötend nach: »Wer ist jetzt der wieder?« Und: »Wieso lebt der Kerl noch, ist der nicht längst abgeknallt?« Und: »Ist das die Frau von dem Opfer oder von dem Mörder?«

Im Kino, sagt mein Papa, tut sie das auch, und die Leute rundum zischen dann: »Pscht!« Einmal hat sogar einer hinter ihr nach dem Platzanweiser gerufen, damit er meine Mama rauswirft. Darum geht mein Papa nur sehr ungern mit meiner Mama ins Kino.

Da ich sowieso beim Krimi handlungsmäßig nicht mehr mitkam, überlegte ich mir, ob ich mich darüber freue, dass der Marcel in Santa Margherita sein wird. Unangenehm, stellte ich fest, war es mir jedenfalls nicht! Und Lilli, sagte ich mir, wird begeistert sein, wenn sie davon hört. Als ich ihr den Marcel, ohne zu übertreiben, ausführlich geschildert hatte, hatte sie bedauernd geseufzt: »Und so was Schnuckeliges läuft mir nie über den Weg!«

Dabei hatte ich sein lautes Furzen und sein grauenhaftes Mampfen nicht zu erwähnen vergessen. Mit einer

Handbewegung hatte sie es abgetan und gemeint: »Ach was, irgendeinen Fehler muss auch ein Schnuckelchen haben.«

Ich beschloss, Lilli jetzt gleich über den Urlaubs-Marcel zu informieren. Damit sie wenigstens etwas hatte, worauf sie sich freuen konnte. Denn Lilli wurde, je näher die Ferien kamen, mit jedem Tag ein bisschen mürrischer. Sie hatte sich sogar einen »Leidenskalender« angelegt. Vorerst nur vom ersten Ferientag bis zum Urlaubsanfang, also vom Freitag, den 28. Juni, dem Tag der Zeugnisverteilung, bis zum Montag, den 14. Juli, dem Tag unserer Abreise nach Sardinien. Auf ein großes Blatt Zeichenpapier hatte sie für jeden Tag zwischen diesen beiden Terminen, hübsch in Zweierreihen, ein großes Quadrat gezeichnet, mit Datum und Wochentag versehen. Die Montage, die Mittwoche und die Freitage, denn an denen sollten die Mathedoppelstunden stattfinden, hatte sie schwarz ausgemalt. Insgesamt waren das ohnehin nur sechs schwarze Quadrate, und ich fand, dass Lilli übertrieb, wenn sie sagte, die ganzen zwei Ferienwochen wären dadurch versaut!

Weil ich mein Wertkartenhandy nicht gern strapaziere, nahm ich unser Schnurlostelefon, ging in mein Zimmer und rief Lilli an. Ich hatte völlig richtig kalkuliert. Lilli war begeistert. »Wenigstens ein Lichtblick!«, rief sie.

Wir besprachen dann, ob wir neue Bikinis brauchen, und ob diese Pareos, die man sich um den Leib wickelt, cool sind oder madamig, und ob uns unsere Geiz-ist-geil-Mamas neue Sonnenbrillen genehmigen werden. Dann seufzte mir Lilli noch vor, dass die Mutter vom Armin ihre Mama darum gebeten hat, die Mathestunden am späten Vormittag abzuhalten, da ist ihr Sohn nämlich am »aufnahmefähigsten«, und ich meinte tröstend, dass uns da wenigstens die Nachmittage nicht verpatzt sind, und wünschte Lilli eine gute Nacht.

Am nächsten Morgen, auf dem Weg von meinem Zimmer zum Klo, vernahm ich aus dem Bad die Stimmen meiner Eltern. Was sie redeten, verstand ich nicht, aber dass sie nicht gerade miteinander turtelten, war sogar im Vorbeitappen zu hören. So machte ich auf dem Rückweg vom Klo vor dem Bad gähnend Halt, um mitzukriegen, welche Sorte von Meinungsverschiedenheit zwischen den beiden da frühmorgens ausgetragen wurde. Ich verstand bloß Bahnhof! Meine Mutter sagte so Sachen wie: »Ich hab doch nicht einfach nein sagen können!« Und: »Du sagst doch immer, dass man ein soziales Gewissen haben muss.« Und: »Bitte, wenn es dir nicht passt, ruf sie halt an und sag ihnen, dass du dagegen bist!«

Von meinem Papa war nicht viel zu hören, bloß mehrmals: »Ich fühl mich echt überfahren!« Und einmal: »Mich unentwegt vor vollendete Tatsachen zu stellen ist unfair!« Ich machte die Tür vom Bad auf und fragte: »Um welche vollendeten Tatsachen geht es?«

»Frag das alles bestimmende Familienoberhaupt«, sagte mein Papa, deutete auf meine Mama und marschierte aus dem Bad.

»Kindischer Kerl!«, rief meine Mama hinter ihm her und griff nach ihrer Zahnbürste.

Ich setzte mich auf den Badewannenrand. »Hast du dir einen Geliebten zugelegt?«, fragte ich. Nur spaßhalber. Meine Mama ist keine, der man das zutrauen würde.

»Noch nicht!« Meine Mama drückte Zahnpasta auf die Zahnbürste. »Aber ich werde die Möglichkeit ins Auge fassen!«

»Um was geht es denn nun?«, fragte ich.

»Darf ich dir nicht sagen.« Meine Mutter nuschelte gewaltig, weil sie bereits am Zähneputzen war. »Ich hab Barbara versprochen, es dir erst zu sagen, wenn es zwischen uns Oldies abgeklärt ist!« Sie zog die Zahnbürste aus dem Mund, deutete mit ihr in Richtung Küche, wo sie anscheinend meinen Papa vermutete, und fügte nuschelfrei hinzu: »Aber da er noch motzt, ist noch nichts abgeklärt.«

»Was soll das?«, rief ich, einigermaßen empört. »Ich hab gedacht, wir haben eine Familiendemokratie, wo auch ein unmündiges Familienmitglied mitentscheiden darf, und jetzt soll ich nicht mal erfahren, was zur Entscheidung ansteht? Das ist aber echt fies!«

»Find ich eigentlich auch.« Meine Mama nuschelte wieder, weil sie das Zähneputzen fortsetzte. Ich wartete. Meine Mama legte die Zahnbürste ab und spuckte Schaum. »Man sollte sich angewöhnen, die Zähne nach dem Frühstück zu putzen«, sagte sie. »Vor dem Frühstück ist es im Grunde für den Hugo.«

Und ich sagte: »Jetzt lenk nicht ab, sondern sprich dich aus.«

Während meine Mama Cremetupfer auf ihrem Gesicht verteilte und anschließend zärtlich in die Haut klopfte, überlegte sie sichtlich, wie sie sich mir gegenüber nun verhalten sollte. Als sie mit der Cremeklopferei fertig war, hatte sie auch fertig überlegt und sagte: »Ich trage dir das Problem jetzt einmal rein theoretisch vor! Du hast etwas, was du nicht brauchen kannst, und aufheben für später kannst du es dir auch nicht, weil es ein Verfallsdatum hat, aber jemand anderer würde es dringend brauchen. Was tust du dann?«

»Ich gebe es dem, der es braucht«, sagte ich ungeduldig, weil ich endlich Klartext haben wollte und kein theoretisches Gebrabbel.

»Finden die Barbara, der Martin und ich auch!« Meine Mama rieb sich eine Überdosis Gel in ihre igelstachelkurzen Haare. »Aber dein werter Herr Papa sieht das anders, der will das, was er nicht braucht, trotzdem behalten.«

Mein Papa kam mit einer Espressotasse in der einen Hand und einem Kipferlzipfel in der anderen ins Bad zurück. »Deine komische Theorie hinkt auf beiden Beinen«, sagte er kauend. »Ich würde nämlich nicht bloß etwas hergeben, was ich nicht brauchen kann, sondern dadurch auch etwas bekommen, was ich absolut nicht brauchen kann.«

»Jetzt reicht es mir aber wirklich!«, rief ich und sprang wütend vom Badewannenrand hoch. »Seid ihr über Nacht total plemplem geworden? Was labert ihr da von brauchen und nicht brauchen und Verfallsdatum? Ich habe ein Recht auf eine halbwegs vernünftige Information!«

Das beeindruckte meine Mama. Sie seufzte, dann sagte sie zu meinem Papa: »Informiere du das Kind! Du hast ja der Barbara nicht versprochen, es noch nicht zu sagen!«

Mein Papa nickte, ich nahm wieder auf dem Badewannenrand Platz und sah gespannt zu ihm hoch.

»Ich bin zwar schon zu spät dran, aber es ist ja flugs erklärt«, sagte mein Papa. »Wir haben im Ferienhaus zwei überzählige Zimmer und die sollen aus karitativer Gesinnung kostenlos einer Frau Meier und ihrem Sohn Armin überlassen werden. Und da wir das größere Auto haben, sollen wir die beiden auch nach Sardinien mitfahren lassen. Ob wir auch die Fähre für sie bezahlen müssen, ist noch nicht ganz raus.«

Vor Schreck verlor ich das Gleichgewicht, plumpste rücklings in die leere Badewanne und wummerte mit dem Hinterkopf an die Wannenarmatur, was mir einen Schmerzensschrei entlockte. Mein Papa half mir aus der Wanne hoch und sagte hämisch zu meiner Mama: »Sieh mal, wie sich das Kind über diese Neuigkeiten freut!«

Meine Mama sah aber zuerst mal nach meinem Hinterkopf und stellte fest: »Kein Blut zu sehen, das wird bloß eine Beule.«

Ich rieb mir die Stelle, für die meine Mama eine Beule vorausgesagt hatte. »Da ist aber nicht nur der Papa dagegen«, sagte ich. »Da hab auch ich was dagegen und die Lilli erst recht! Die wird verrückt, wenn der Armin mitkommt!«

»Wünsche den beiden Damen eine anregende Diskussion, ich muss schleunigst abdampfen, Arbeit harrt meiner!« Mein Papa wieselte aus dem Bad. Gleich drauf knallte die Wohnungstür zu.

»Tochter, du enttäuschst mich«, sagte meine Mama und ging vom Bad in die Küche. Ich jappelte hinter ihr her.

»Du weißt ganz genau, dass Lilli und ich den Kerl nicht mögen! Jetzt müssen wir ihn eh schon in den Nachhilfestunden aushalten«, rief ich. »Aber in Sardinien kannst du ihn uns nicht auch aufs Aug drücken!«

»Ich drück niemanden irgendjemand aufs Auge, ich komm doch auch zu alldem wie die Jungfrau zum Kind!«, rief meine Mama. »Es war nicht meine Idee! Gestern, grad wie der blöde Krimi zu Ende war, hat Barbara angerufen und den Vorschlag gemacht. Ich hab nur zugestimmt, weil es keinen vernünftigen Grund gibt, dagegen zu sein!«

Dann erzählte sie mir, dass sich Lillis Mama und die Mutter vom Armin in letzter Zeit miteinander angefreundet haben und dass Lillis Mutter ganz erschüttert darüber ist, mit wie wenig Geld die Frau Meier durchkommen muss, und dass sie ihr wenigstens drei sorgenfreie Urlaubswochen verschaffen will, noch dazu, wo das so leicht und fast ohne Zusatzkosten geht.

»Was hätte ich Barbara denn sagen sollen?«, fragte meine Mama und drückte sich einen Espresso runter. »Das geht nicht, eure Lilli hasst Armin in Wirklichkeit! Obwohl ich dir geschworen habe, nichts zu sagen? Außerdem hätte ich mit der ganzen Wahrheit rausrücken müssen, damit sie mir glaubt, und es ist nicht meine Aufgabe, Barbara über den Charakter ihrer Tochter aufzuklären.«

Ich schwieg, weil mir echt nicht einfiel, was meine Mama zur Armin-Abwehr hätte sagen sollen.

»Noch dazu, wo ich ja nichts dagegen habe«, fuhr meine Mama fort. »Diese Angie Meier ist angeblich total okay, und ihr Sohnemann wird auch nicht so ein Grausbrocken sein, dass er mir den Urlaub versaut. Und dass Lilli den Knaben hasst, ist mir wirklich ziemlich egal.« Sie schaute mich, irgendwie fast mitleidig, an. »Und dir sollte es auch ein bisschen weniger wichtig sein, Marlen!«

Bevor ich duschen ging, sagte ich zu meiner Mama mit einem Funken Hoffnung: »Aber wenn der Papa sich weigert, geht es nicht!«

Worauf meine Mama erwiderte: »Er motzt noch, aber er wird sich fügen, denn als Ego-AG ohne soziales Gewissen will er garantiert nicht dastehen.«

Einigermaßen erschüttert trabte ich ins Bad und stellte mich unter die Dusche. Dreizehn Minuten vor acht Uhr war es bereits! Ich hatte zu viel Zeit mit der sinnlosen Herumrederei vertrödelt! So beschloss ich, am letzten Schultag vor der Zeugnisverteilung nicht zu spät, sondern gar nicht in die Schule zu kommen. Das enthebt mich, dachte ich mir, wenigstens bis zum Nachmittag der Antwort auf die Frage, ob ich mein Wissen an Lilli weitergeben oder es ihr verschweigen soll.

»Gehst du heute nicht in die Schule?« Meine Mama war ins Bad gekommen, um sich den Hals und die Ohren mit Parfüm zu besprühen.

Ich stieg aus der Duschkabine und sagte mit Leidensmiene: »Nein! Mir tut der Kopf weh. Die Beule am Hinterkopf pocht!«

»Ich würde auch gern blaumachen«, seufzte meine Mama und versorgte ihre Achselhöhlen mit Deo.

»Dann mach doch blau«, schlug ich vor.

»Mir schreibt leider keiner eine Entschuldigung!« Meine Mama zupfte noch ein bisschen an ihren gelglänzenden Igelstacheln rum, sagte »Tschüs, bis zum Abend« und dampfte ab. Ich wickelte mir ein Badetuch um den Leib, latschte in mein Zimmer und legte mich wieder ins Bett. Übrigens: Die Beule pochte wirklich!

Um halb zehn gab mein Handy kurz Laut. Lilli fragte per SMS an, was mit mir los sei. Mitten in einer Unterrichtsstunde auf einem Mobiltelefon rumzutippen ist in unserer Schule natürlich verboten, und klingelnde Handys werden konfisziert und müssen von einem Erziehungsberechtigten in der Direktion abgeholt werden. Da Lilli aber MELDE DICH SOFORT geschrieben hatte, nahm ich an, sie befinde sich auf dem WC oder unsere Klasse habe eine Freistunde, und schickte ihr die Botschaft: AUSGERUTSCHT BEULE AM SCHÄDEL KOPFWEH. Warum ich ihr nicht wahrheitsgemäß MACHE BLAU schrieb, weiß ich nicht.

Zu Mittag dann, ich machte mir gerade einen Schinken-Käse-Toast, kam Lilli. Sie brachte mir einen Becher Schoko-Vanille vom Italiener. Das Eis tropfte schon ein bisschen, also machte ich mich gleich darüber her, und Lilli verputzte meinen Schinken-Käse-Toast.

»Wie bist du denn der Nachmittagsbetreuung entkommen?«, fragte ich. Ohne schriftliche Einverständniserklärung eines Elternteils darf ein Nachmittagsbetreuter nicht aus der Schule weg.

»Ich hab gesagt, dass ich höllisch Zahnweh hab und zum Zahnarzt muss«, antwortete Lilli kauend. »Und das

Pferd hat mich ziehen lassen.« Das Pferd ist eine unserer Nachmittags-Tanten. Den Spitznamen hat sie deswegen, weil sie nicht nur riesige, gelbe Zähne, sondern auch einen gigantisch dicken, an ein Haflinger-Pferd gemahnenden Po hat.

Während ich das gatschweiche Eis löffelte, erzählte mir Lilli, dass ihr Papa und ihre Mama anscheinend ein Geheimnis vor ihr haben, weil sie in den letzten Tagen miteinander tuscheln und verstummen, wenn sie in die Nähe kommt. »Ich glaube«, sagte Lilli und schleckte sich die fettigen Finger ab, »es geht um eine Überraschung für mich.« Sie sah mich forschend an. »Hast du vielleicht eine Ahnung, was sie aushecken?«

Ich löffelte drauflos, obwohl mir der Eisgatsch bereits zuwider war, und überlegte, ob ich Lilli sagen soll, um welche Überraschung es da wohl geht. Einerseits, sagte ich mir, ist es meine Freundespflicht und meine Mama hatte mir nicht das Versprechen abgenommen zu schweigen. Anderseits, sagte ich mir, ist ja noch gar nichts fix! Wenn mein Papa bei seinem Veto bleibt, ist die Sache gegessen und Lilli hätte sich bloß unnötig aufgeregt. Und überhaupt! Warum sollte gerade ich der Überbringer der Grausbotschaft sein? Also schüttelte ich den Kopf und sagte bloß: »Nein, keine Ahnung!«

7. Kapitel

in welchem ich eine erstaunliche Begabung zur Nachhilfelehrerin entwickle und mein Papa zum Charmebolzen wird, was meine Mama irritiert.

Meine Mama hatte meinen Papa richtig eingeschätzt! Am Samstag, gerade als ich mich zur Zeugnisverteilung in die Schule aufmachen wollte, fragte sie ihn: »Was ist jetzt, Michi? Können die zwei Meier mitfahren oder nicht?«

»Von mir aus«, antwortete mein Papa mürrisch. »Ich lass mich doch nicht als Egozentriker hinstellen.«

Meine Mama griff sofort zum Telefon, rief Lillis Mama an und posaunte frohgemut: »Geritzt, Barbara! Er hat sein Okay gegeben!«

Ich zischte meinem Papa »Feigling« zu, und mein Papa sagte bescheiden: »Wer sich selbst überwindet, ist kein Feigling, sondern ein Held!«

Bevor ich die Wohnung verließ, erkundigte ich mich bei meiner Mama: »War Lilli noch daheim, als du die Barbara angerufen hast?«

»War sie«, sagte meine Mama. »Ich habe sie im Hintergrund jeiern gehört, dass die Barbara nicht telefonieren, sondern ihr helfen soll, irgendwelche Sandalen zu suchen.«

»Glaubst du, die Barbara erzählt ihr gleich jetzt, was Sache ist?«, fragte ich noch.

»Ist wohl anzunehmen!«, sagte meine Mama. »Sie glaubt ja, dass sich Lilli darüber scheckig freuen wird.« Dabei schaute sie sehr zufrieden drein. Ganz so, als mache es ihr großen Spaß, Lilli im Urlaub den Armin aufzubuckeln. Ich vermute, dass meine Mama Lilli nicht sehr gern hatte. Nicht so gern jedenfalls, wie Lillis Mama mich hat. Zugegeben hat meine Mama das zwar nie, aber es war oft zu merken, dass ihr Lillis Art auf die Nerven geht. Und manchmal hat sie mich sogar gefragt, ob ich mir nicht vielleicht zur Abwechslung auch eine andere Freundin zulegen könnte.

Als ich an der Straßenkreuzung vor unserer Schule war, kam Lilli die Straße runtergerannt. Ich dachte: Wenn sie jetzt schon hier ist, weiß sie es vielleicht noch gar nicht. Aber da hatte ich falsch gedacht! Lilli raste im ICE-Tempo auf mich zu und rief, als sie bei mir angekommen war: »Hast du davon gewusst, Marlen?«

»Ich habe es vor zehn Minuten von meiner Mama erfahren«, schwindelte ich. Da ich im Lügen nicht gut bin, weil ich dabei immer rote Flecken auf dem Hals kriege, schaute mich Lilli misstrauisch an und fauchte: »Schwöre es bei unserer Freundschaft, sonst nehme ich es dir nicht ab!«

Ich schwor es, weil ich mir dachte: Es schadet unserer Freundschaft mehr, wenn ich die Wahrheit sage, da nehme ich lieber einen falschen Schwur auf mich. Dass ich falsch geschworen haben könnte, kam Lilli nicht in den Sinn. So etwas traute sie mir nicht zu. Sie glaubte mir. Die Halsflecken schrieb sie wahrscheinlich meiner Empörung über die Wahnsinnsidee unserer Eltern zu.

»Himmel, Arsch und Zwirn!«, fluchte Lilli, als wir über die Straße gingen. »So eine Kacke! Da sagt mein Papa, er hat eine tolle Neuigkeit für mich. Und ich denk mir, jetzt kommt etwas Extrawunderschönes, aber Schnecken, es kommt der helle Wahnsinn!«

Dann holte uns Keksi ein, also redete Lilli nicht weiter davon, sondern hörte Keksi zu, die sich darüber aufregte, dass ihre Eltern nicht mit ihr nach Griechenland in den Urlaub fliegen werden, sondern nach England, wo es dauernd schnürlregnet, die Burschen monsterhässlich sind, das Meer eiskalt ist, der ewige Wind stürmisch und das Essen kotzgrauenhaft.

Die Zeugnisverteilung war in einer knappen halben Stunde erledigt, da die Dr. Bär diesmal keine Ansprache hielt. Sie verteilte bloß die grünen Wische teils mit lobenden, teils mit rügenden, aber immer knappen Bemerkungen. Bei Lilli sparte sie sich jegliche Bemerkung und händigte ihr das Zeugnis wortlos aus. Und als das Zeugnis vom Armin an der Reihe war, legte sie es auf dem Lehrertisch ab und murmelte sichelmündig: »Armin Meier noch nicht abgeschlossen, Nachprüfung im September.«

Das Mangelhaft für Verhalten in Lillis Zeugnis wurde anschließend von allen in der Klasse gehörig bestaunt. Und da sich Lillis Supercoup und dessen Folgen in der ganzen Schule herumgesprochen hatten, kamen sogar etliche Schüler aus den Nachbarklassen, um diese äußerst rare Note zu besichtigen. Und alle hielten Lillis Leichenbittermiene für den Ausdruck ihres Grames über dieses Mangelhaft. Sogar Keksi, denn die fragte mich ganz besorgt: »Kriegt Lilli nun doch deswegen daheim Ärger? Ich hab gedacht, ihre Alten sind in Ordnung. Ist aber eh typisch! Wenn's wirklich drauf ankommt, gibt's keine Alten, die in Ordnung sind.«

Ich versicherte Keksi, dass Lilli keinen Ärger bekommen wird und ihre Leichenbittermiene rein private Gründe hat, über die ich nicht reden kann. Keksi ist keine aufdringliche Person, also fragte sie weder mich noch Lilli um Details der rein privaten Gründe, sie nickte bloß verständnisvoll. Sie schloss sich uns auch nicht an, als wir heimgingen. Sonst geht sie immer mit uns bis zur Bushaltestelle. Keksi muss mit dem Bus in die Schule fahren, weil in dem Gymnasium, das nahe ihrer Wohnung ist, ihre Mutter unterrichtet und Keksi nicht in eine Schule gehen will, in der alle Lehrer ihre Mutter gut kennen.

Gestern hatte Lilli grinsend zu mir gesagt, dass wir morgen das Verhaltens-Mangelhaft in der Konditorei mit Cremeschnitten und Eistee feiern werden. Nun war ihr die Lust darauf klarerweise komplett vergangen. Stumm lief sie neben mir bis zur Straßenkreuzung. Dort blieb sie stehen, obwohl die Fußgängerampel auf Grün geschaltet hatte, und fauchte mich an: »Hättest du nicht gequatscht, hätte meine Mama diese Meier-Kuh gar nie kennen gelernt!«

Damit hatte sie wohl Recht, also protestierte ich nicht. Ich fragte bloß: »Willst du mir das jetzt ewig vorwerfen, Lilli?«

»Ich werfe nicht vor, ich stelle fest«, sagte Lilli. »Und bin der Meinung, dass jeder Mensch für die Folgen seiner Blödheit verantwortlich ist. Also wirst du mir in Sardinien den Armin vom Leib halten und drauf achten, dass er mir nicht unter die Augen kommt.«

Ich versprach es, obwohl mir klar war, dass das unmöglich sein würde, wenn wir mit ihm zusammen in einem Haus wohnen. Der Knabe war schließlich nicht unsichtbar zu machen! Aber wenigstens heiterte mein Versprechen Lillis Düstermiene ein Häuchlein auf.

Fast gnädig sagte sie zum Abschied zu mir: »Also dann bis Montag, Marlen. Und komm pünktlich! Ich dreh glatt durch, wenn ich mit dem Stinke-Armin auch nur eine Minute allein sein muss.«

Am Montag, Viertel vor elf, machte ich mich auf den Weg. Als ich zu Lillis Nachbarhaus kam, stand dort in die Tornische gedrückt Armin. Mit einer Mappe in der einen und einer rosa Rose in der anderen Hand.

»Lilli wohnt nebenan«, sagte ich zu ihm, in der Meinung, er habe sich die Hausnummer nicht gemerkt.

Er stotterte: »Es-es-es ist noch nicht elf, ich will nicht zu-zu-zu früh kommen.«

»Armin, du gehst ja nicht zur Audienz bei der japanischen Kaiserin«, sagte ich grinsend. Er kapierte mein Scherzlein nicht und glotzte bloß verwirrt. So packte ich ihn einfach an der Rosenhand und zog ihn aus der Einfahrt.

»Du gehst auch zur Lilli?«, fragte er, als er neben mir in Lillis Haus reinstolperte. »Auch Mathe lernen?« Es klang, als ob ihm das nicht besonders gefallen würde.

»Ich habe ein Gut in Mathe!«, sagte ich entrüstet. »Ich brauch keine Nachhilfe.«

Zu fragen, warum ich trotzdem zu Lilli gehe, traute sich Armin nicht. Aber es war ihm anzusehen, dass er gern gefragt hätte. Im Lift nahm ich Armin die rosa Rose aus der Hand.

»Lass das lieber sein«, sagte ich, »Lilli mag so etwas nicht, das findet sie uncool.«

Armin sagte entschuldigend: »Meine Mutter hat gemeint, dass sich Lilli drüber freuen wird.«

Ich steckte die rosa Rose, bevor ich an Lillis Wohnungstür klingelte, in einen der Oleander-Kübel, die zu beiden Seiten der Wohnungstür stehen.

Lilli führte uns ins Wohnzimmer und zischelte mir dabei, nicht gerade leise, zu: »Mein Zimmer lasse ich mir nämlich nicht von ihm verstinken.«

Ich hatte echt keine Ahnung, wie ich mich in den nächsten zwei Stunden verhalten sollte. Mich aufs Sofa hocken und die Anstandsdame spielen? Oder mich zum großen Tisch setzen und ein bisschen mitrechnen? Lilli enthob mich der Entscheidung, indem sie sagte: »Marlen, du könntest den Geschirrspüler ausräumen.«

Na super, dachte ich, zum Tilgen meiner Geschwätzigkeitsschuld gehört anscheinend auch, Lillis Pflichten im Haushalt zu übernehmen! Etwas bissig fragte ich daher, bevor ich in die Küche ging: »Mülleimer runtertragen auch?«

Lilli antwortete in aller Seelenruhe: »Nur wenn er voll ist.«

Der Mülleimer war randvoll! Nachdem ich das Geschirr versorgt hatte, zerrte ich den prall gefüllten Müllsack, der sich dagegen hartnäckig sperrte, aus dem

Eimer. Und als ich ihn endlich aus dem Eimer hatte, merkte ich, dass er nässte. Da hatte jemand nebst allzu Flüssigem auch ein paar Glasscherben reingeworfen, und die hatten Löcher in den Sack geschnitten, aus denen es tropfte. Ich versuchte den lädierten Sack flugs wieder in den Eimer zu stopfen, aber dabei riss er am Boden komplett auf und eine Ladung grausiger Abfallmatsch platschte auf den Fliesenboden. Fluchend bugsierte ich mit der Kehrschaufel und dem kleinen Besen den Matsch in den Eimer rein und brachte ihn zu den Mülltonnen runter. In die Wohnung zurückgekehrt, wusch ich den Eimer, die Schaufel, den Besen und den Boden sauber. Und meine Beine knieabwärts auch, denn die hatten ein paar Spritzer vom grausigen Matsch abgekriegt. Das dauerte seine Zeit, und als ich wieder ins Wohnzimmer kam, saß dort Armin mit knallrotem Kopf am Tisch und starrte auf Lilli wie das sprichwörtliche Kaninchen auf die Schlange. Und Lilli starrte auf einen karierten Block, der vor ihr auf dem Tisch lag. Ich setzte mich aufs Sofa. Lilli tat einen tiefen Seufzer, dann schaute sie vom karierten Block hoch zu Armin rüber und rief frustriert: »Verdammt und zugenäht! Jetzt habe ich es dir doch schon hundertzehnmal erklärt! Zur Vereinfachung einer Gleichung kann man auf beiden Seiten der Gleichung dieselbe Umformung durchführen.«

»Ja«, hauchte Armin.

»Und warum tust du es dann nicht?« Lilli klopfte ungeduldig mit ihrem Kugelschreiber auf den Notizblock.

Ich vermutete, dass der arme Kerl auf diese Weise die Sache nie kapieren würde. Er konnte wohl mit dem Wort

»Umformung« nichts anfangen. Und nachfragen, was das heißt, traute er sich auch nicht. Also mischte ich mich ein und sagte zu ihm: »Das ist wie auf einer altmodischen Waage mit zwei Schalen. Wenn du auf einer Seite etwas dazugibst, musst du auf der anderen Seite genauso viel dazugeben, damit sie im Gleichgewicht bleibt, und eine Gleichung muss auch im Gleichgewicht sein!«

Armin schaute mich zwar verzagt an, aber er traute sich zu fragen: »Wieso? Ein Plus von der einen Seite wird doch auf der anderen zum Minus, habe ich geglaubt.«

»Genau!«, sagte ich freundlich. »Das kommt aufs selbe raus.«

Und weil Armin dreinschaute, als wäre der Groschen noch immer nicht gefallen, schlug ich Lilli vor, ihm das an einer supereinfachen Aufgabe klar zu machen.

»Okay, versuch es!« Lilli sprang auf, erklärte, sie muss sich ohnehin dringend die verschwitzten Haare waschen, und flüchtete aus dem Wohnzimmer.

»Wir kriegen das schon hin, Armin«, sagte ich tröstend, weil es mir so vorkam, als kämpfe das arme Schwein mit den Tränen. »Aber wir setzen uns besser zum Lernen auf den Balkon raus, dort ist es nicht so stickig.«

Den Mief im Wohnzimmer bloß »stickig« zu nennen, war gewaltig untertrieben, denn es stank rund um Armin herum wie in einem vergammelten Käseladen.

Gehorsam wanderte Armin samt Stift und kariertem Block mit mir auf den Balkon raus. Wir setzten uns ans kleine Tischchen, das dort zwischen den vielen Blumenkübeln steht, und ich bat ihn »a + 2 = 5« aufzuschreiben. Er tat es und sagte stolz: »Da ist a fünf minus zwei, also drei!«

Ich lobte ihn zuerst einmal, als habe er eine Superleistung hingelegt, dann sagte ich: »Und damit du die Zwei von der linken Seite wegkriegst, hast du sie auf beiden Seiten abziehen müssen.«

»Genau!« Armin strahlte mich beglückt an. Sichtlich war der Groschen nun wirklich gefallen.

Tapfer rechneten wir weiter. Eine Stunde lang nur solchen Babykram, bis ich sicher war, dass er kapiert hatte. Dann probierten wir ein Häuchlein kompliziertere Gleichungen. Als zwei Stunden um waren, schaffte Armin schon Gleichungen mit Klammern drin, und mir kam es so vor, als ob er kaum mehr Münsterodeur ausschwitzte.

Lilli hatte sich die ganze Zeit nicht ein einziges Mal sehen lassen. Sie hockte im Schneidersitz auf dem Sofa und schaute sich im Fernsehen einen Uraltfilm an, als wir vom Balkon ins Wohnzimmer zurückkamen. Bloß einen winzigen Slip und einen noch winzigeren BH, beides feuerrot, hatte sie an, und der Armin bekam bei ihrem Anblick einen knallroten Kopf.

»Was, schon ein Uhr?«, tat sie erstaunt. »Grad wollt ich rauskommen und dir den Armin abnehmen.«

Der Armin stammelte: »Danke – für – für die Mühe, die du dir mit mir machst!«

Nicht zu mir, zu Lilli sagte er das! Lilli nahm es huldvoll nickend hin. Mich lobte der Armin aber dann auch noch. Als ich ihn zur Wohnungstür geleitete, sagte er: »Mit dir geht das Lernen echt gut.« Und als ich ihm die

Wohnungstür aufmachte, fragte er: »Bist du am Mittwoch auch wieder da?«

»Na sowieso!«, antwortete ich. Er schien froh darüber zu sein.

Am Mittwoch überließ mir Lilli gleich von Anfang an Armin. »Du kannst das besser als ich«, sagte sie zu mir, »weil du mehr Geduld hast! Und es bringt ihm ja nichts, wenn ich mich mit ihm abmühe und er trotzdem blöd bleibt.«

Von da an war klar, dass ich Armin mathefit zu machen hatte! Klar war zudem, dass Lillis Eltern das nicht merken sollten. Hätten sie es gemerkt, wäre Lillis Image als gutherziges, sich für den armen Armin aufopferndes »Engelchen« wohl ziemlich ramponiert gewesen und Lillis Papa bitter enttäuscht! Meiner Mama und meinem Papa von meiner neuen Aufgabe zu erzählen, fand ich unnötig. Die beiden schweigen zwar wie Gräber, wenn man sie darum bittet, aber ich wollte nicht, dass sie zu Hause über Lilli herziehen!

Es störte mich nicht, nun allein für Armin verantwortlich zu sein. Irgendwie machte es mir sogar Spaß. Weil es nämlich gar nicht so schrecklich schwer war, ihm etwas beizubringen. Dem verkleisterte bloß die Angst das Hirn. Und vor mir, das war zu merken, hatte er keine Angst. Zu mir hatte er Vertrauen. Und das Vertrauen löste den Kleister im Hirn auf.

»Und wovor hat er Angst?«, fragte mich Lilli, als ich ihr das einmal, nachdem der Armin heimgegangen war, erklärte.

»Wahrscheinlich Angst vor allem und jedem«, vermutete ich. »Angst vor der Tanzbärin, Angst, vor den anderen als Depp dazustehen, Angst, seine Mutter zu enttäuschen, Angst, in die Hauptschule gehen zu müssen, Angst, sich vor dir lächerlich zu machen, Angst –«

»Hör sofort auf!«, unterbrach mich Lilli. »Sonst tut mir der Knabe noch Leid!«

»Wäre auch kein Malheur«, sagte ich.

»Und ob das ein Malheur wäre!«, widersprach Lilli. »Vom Leidtun wird er mir ja nicht sympathischer, also kann ich deswegen auch nicht netter zu ihm sein, und dann hätte ich bloß ein schlechtes Gewissen, wenn ich nicht nett zu ihm bin.«

»Wäre auch kein Malheur«, sagte ich wieder.

»Du hast leicht reden!«, rief Lilli. »Du kannst ja ruhig nett zu ihm sein. In dich ist er ja nicht verliebt! Aber wenn ich nett zu ihm wäre, würde er doch gleich wer weiß was glauben! Reicht mir so schon, wenn er mich anglotzt wie ein dackeläugiger Hammel und ich befürchten muss, dass er gleich eine vertrottelte Liebeserklärung rausstottern wird!«

Dass unsere Eltern Lilli weiterhin für eine gutherzige Nachhilfelehrerin hielten und mit Lob für diese Tätigkeit nicht sparten – selbst meine Mama war positiv beeindruckt –, störte mich auch nicht. Allerdings verblüffte mich, dass sogar die Mutter vom Armin dieser Meinung war. Das merkte ich, als sie am Wochenende vor der Abreise nach Sardinien bei uns einen »Antrittsbesuch« machte, damit wir uns, wie sie es ausdrückte, »beschnuppern« können.

Sie kam »solo«, ohne Armin, und es stellte sich heraus, dass mein Papa Armins Mutter bereits ausführlich »beschnuppert« hatte. Mein Papa ist nämlich Stammkunde in der Buchhandlung, in der die Frau Meier halbtags als Buchhändlerin angestellt ist, und er hatte schon oft tiefsinnige Gespräche über Bücher mit ihr geführt. Bloß dass sie Meier heißt, hatte er nicht gewusst, in der Buchhandlung wurde sie »Frau Angie« genannt. Und dann stellte sich noch raus, dass meiner Mama das nicht besonders gut gefiel!

»Super!«, keppelte meine Mama, als sie in der Küche Tortenstücke auf einen Teller tat. »Jetzt hat er im Urlaub nicht nur seinen Spezialkumpel für Männergespräche, sondern auch seine Buchhändlerin für Literaturgespräche! Fehlt noch, dass ein Kollege samt Powerbook mitkommt, damit er auch Arbeitsgespräche führen kann!«

Aus dem Wohnzimmer kam zweistimmiges Gelächter. Meine Mama packte mit grimmiger Miene den Tortenteller, murmelte »Dann gehen wir halt mitlachen!« und marschierte zum Wohnzimmer. Als sie dort ankam, hatte sie sich bereits wieder ein nettes Lächeln ins Gesicht gezaubert. Und das blieb, da sie jede Menge Disziplin hat, auf ihrem Gesicht, bis sich die Angie Meier verabschiedete. Meine Mama ist sowieso eine, die lieber selber redet als zuhört, und wenn sie schon zuhören muss, will sie etwas hören, das sie interessiert. Sich geschlagene zwei Stunden darüber informieren lassen, welche Neuerscheinungen auf dem Buchmarkt für den Herbst zu erwarten sind und was davon lesenswert sein wird, ist ihre Sache nicht. Zu erfahren, welche Bücher der letzten Saison sowohl ihren Herrn Gemahl als auch Angie Meier schwer begeistert beziehungsweise schwer frustriert haben, ist ihr auch kein Anliegen. Und wenn jemand, wohl in Unkenntnis von Mamas Beruf, abfällig von »Werbefritzen« redet, die arme Kinder »verdummen«, und mein Papa dazu erheitert grinst, braucht ein wenig duldsamer Mensch wie meine Mama wohl allerhand Kraft, das nette Lächeln nicht absterben zu lassen. Wobei noch dazukam, dass mein Papa den Charmebolzen mimte und eine gastgeberische Aufmerksamkeit an den Tag legte, die ihm ansonsten wesensfremd ist. Dass das nur mit »literarischer Geistesnähe« zu tun hatte, bezweifle ich. Angie Meier ist nämlich außerordentlich ansehnlich, falls man ein Verehrer von Rundungen ist. Und mein Papa ist einer. Dauernd regt er sich auf, dass sich meine Mama auf Kleidergröße 36 runtergehungert hat und dass das einer »Frau von Format« nicht steht. Die Angie Meier aber hat obenrum garantiert Größe 44, weil sie, wie meine Oma Gretl das nennt, viel Holz vor der Hütte hat. Und ihre Hüften und ihr Po würden jede 36-Hose sofort zum Platzen bringen. Dünn ist sie nur in der Mitte, ich glaube, so eine Taille wie die ihre nennt man Wespentaille. Jedenfalls sagte diese von meinem Papa umschwänzelte Person zum Abschied mit einem innigen Lächeln zu mir: »Ich danke dir, Marlen, dass du so lieb bist und der Lilli ein bisschen hilfst, meinen Armin schlau zu machen.«

Das ging mir bis zum Abend durch den Kopf! Warum, fragte ich mich, sagt Armin seiner Mutter nicht, was wirklich los ist? Warum tut er vor ihr so, als lerne er mit Lilli? Weil ich es mir trotz viel Hin-und-her-Überlegen nicht erklären konnte, fragte ich meine Mama. Die hat nämlich Psychologie studiert, auf Werbefrau hat sie erst später umgesattelt. Ich fragte »rein theoretisch« nach und sagte: »Wenn ein Mensch keinen vernünftigen Grund hat, etwas nicht zuzugeben, es aber trotzdem nicht zugibt, warum tut er das?«

»Möglicherweise weil er es sich selbst nicht zugeben will«, schlug meine Mama vor, und ich dachte mir: Bingo! Die Frau scheint echt den Durchblick zu haben.

8. Kapitel

in welchem wir nach Genua flitzen und zwischen meinen Eltern Zwist über die Grenzen »der Solidarität mit den Mittellosen« ausbricht.

Warum wir nicht nach Sardinien fliegen, sondern eine lange Autofahrt auf uns nehmen, hat zwei Gründe. Der eine ist, dass meine Eltern im Urlaub nicht ohne Auto sein wollen und ein ordentliches Mietauto für drei Wochen unheimlich viel Geld kostet. Der andere Grund ist, dass weder meine Mama noch mein Papa, und ich schon gar nicht, vernünftig und sparsam Koffer packen können. Wir stopfen lieber unser Auto mit all dem Kram voll, den wir im Urlaub eventuell brauchen könnten, und da ist allerhand dabei, was man in einem Flieger schwer transportieren kann. Zumindest habe ich auf dem Flughafen vor dem Check-in noch nie Leute mit Sonnenschirmen, Kühlboxen und Schlauchbooten samt Paddeln gesehen.

Dieses Jahr konnten wir aber nicht alles, was uns in den Sinn kam, einfach ins Auto stopfen, wenn im Kofferraum auch der Meier-Koffer untergebracht werden sollte. Den freien Platz vor den hinteren Sitzen durften wir auch nicht als Stauraum nehmen, weil ich mir auf der Fahrt die Sitzbank mit dem Armin und seiner Mutter teilen würde, und die beiden brauchten schließlich Platz für ihre Beine. Daraus ergab sich ein Zwist zwischen meiner Mama und meinem Papa, weil beide das Hab und Gut des anderen radikal reduzieren, aber vom eigenen kein Fuzerl zurücklassen wollten. Friede kehrte erst ein, als Lillis Mama vorschlug, den Meier-Koffer im Leitermeier-Auto zu transportieren. Lilli und ihre Eltern reisten nämlich immer mit Minigepäck und machten sich lustig über unsere »ausufernde Freizeitausstattung«. Dafür lagen sie dann in jedem Urlaub auf unseren Badetüchern unter unserem Sonnenschirm, paddelten mit unserem Schlauchboot durch die Gegend und holten sich an einsamen Stränden kühle Durstlöscher aus unserer Kühlbox. Und Lilli bediente sich klarerweise an meinem üppigen Klamottenvorrat, wenn ihre Sachen dreckig waren.

Unser Auto hatten wir schon Sonntagvormittag aus der Garage geholt und direkt vor dem Haustor geparkt, was in unserer Straße nur am Sonntag möglich ist, wenn alle Straßenparker ins Grüne gefahren sind. Eine Stunde rannten meine Mama und ich mit Tragetaschen und Koffern, Binkeln und Kartons von der Wohnung zum Auto, und mein Papa schleppte den Sonnenschirm, das Schlauchboot und dergleichen sperriges Zeug aus dem Keller an. Unsere Hausbesorgerin schaute uns dabei aus ihrem Parterrefenster zu und kommentierte unsere Schufterei kopfschüttelnd mit: »Wie der heilige Auszug aus Ägypten!«

Am Montag, zehn Minuten vor fünf Uhr in der Früh, wankte ich dann im Halbschlaf aus der Wohnung und ließ mich ins Auto plumpsen. Ich döste vor mich hin, bis mein Papa in zweiter Spur vor dem Meier-Haus hielt und Armin und seine Mutter, die vor dem Haustor auf uns gewartet hatten, ins Auto stiegen. Armin schien auch noch im Halbschlaf zu sein, mehr als »Guten Morgen, Marlen« murmelte er nicht, als er sich dicht an mir, ein kleines, rotblau kariertes Köfferchen innig umarmend, niederließ. Seine Mutter hingegen wirkte putzmunter. Vom Holz, das sie vor der Hütte hat, gab sie in einem großzügigen T-Shirt-Ausschnitt allerhand zur Besichtigung frei, was meine Mama zur Frage veranlasste, ob sie die Klimaanlage auf »etwas weniger« schalten sollte, damit die Mutter vom Armin nicht friert. Aber Angie Meier erklärte die Temperatur im Wagen für optimal. Ich schloss die Augen, lehnte mich zurück und versuchte einzuschlafen, was mir im Nu auch gelang.

Wach wurde ich von einem beklemmenden Druck auf der Brust, der mir das Atmen schwer machte. Der schlafende Armin hatte sich, samt Köfferchen, an mich gekuschelt. Ich schob ihn in die senkrechte Sitzposition zurück. Mein T-Shirt war vom Halsloch bis zur Taille waschelnass. Und mein Schweiß war das garantiert nicht, denn ich schwitze nicht, wenn die Klimaanlage auf zwanzig Komma fünf Grad eingestellt ist. Mir war sehr danach, mich des T-Shirts sofort zu entledigen! Aber ich konnte ja schlecht »oben ohne« im Auto sitzen, und meinen Papa zu ersuchen, er soll den nächsten Parkplatz anfahren, damit ich mir aus dem Kofferraum ein frisches T-Shirt rausholen kann, fand ich zu zickig. Also wartete ich mit dem Umziehen bis zum »Lenkradtausch«.

Auf einem Parkplatz nahe der italienischen Grenze war es endlich so weit. Meine Mama setzte sich hinter das Steuer. Ich stieg aus und wollte aus dem Kofferraum ein T-Shirt holen, aber in all den Binkeln und Tragetaschen, auf die ich Zugriff hatte, waren keine Klamotten von mir, und mein Papa weigerte sich, das Vorderteil vom Kofferraum auszuräumen, damit ich an die dahinter gelagerten Sachen kam. Außerdem war der Armin-Schweiß inzwischen aufgetrocknet, und mein Papa fand, dass getrockneter Schweiß nicht störend sein kann.

Also hockte ich mich wieder neben den immer noch schlafenden Armin. Meine Mama brauste los, mein Papa schob eine Jazz-Oldies-Kassette in den Rekorder, und ich warf Angie Meier einen vergrämten Blick zu, denn ich fand, es wäre ihre Aufgabe gewesen, ihren Sohn nicht auf mich plumpsen zu lassen. Angie Meier fing meinen Blick auf und revanchierte sich dafür mit einem lieben Lächeln. Dann streichelte sie ihrem im Schlaf vor sich hin röchelnden Sohnemann behutsam übers verschwitzte Haupt und sagte, auf das rotblau karierte Köfferchen in seinen Armen deutend: »Dadrin hat er seine Heiligtümer, das gibt er nicht aus der Hand.«

An der letzten Raststätte vor der Grenze hielt meine Mama um zu tanken. Einen WC-Besuch und ein spätes Frühstück wollten wir uns auch genehmigen. Es dauerte einige Zeit, bis Armin gehfähig war. Zuerst grunzte er, sooft Angie Meier seine Schulter sanft weckend betatschte, mit fest zugekniffenen Augen: »Mummi, ich bin noch müde.« Als sie nicht lockerließ und ihn regelrecht rüttelte, machte er endlich die Augen auf und jammerte, seine Füße seien »eingeschlafen«, er könne sie nicht bewegen. So hievte sich die Angie Meier die Dickbeinchen vom Armin auf den Schoß, zog ihm die Sandalen von den Füßen und machte sich daran, die Armin-Zehen unter tröstenden Worten zu massieren. Kaum hatte sie Hand angelegt, fing der Armin auf Kleinkindermanier zu greinen an: »Aua-au, hör auf, Mummi, das sticht, das tut weh, aua-au!«

Meine Mama gab Angie Meier den Wagenschlüssel und sagte: »Kommt nach, wenn ihr so weit seid. Wir gehen schon mal voraus!«

Wir hatten bereits den WC-Besuch erledigt und uns mit Cappuccino, Schoko-Croissants und Orangensaft versorgt, da wankte endlich Armin, gestützt auf seine Mutter, in die Raststätte rein.

»Es geht uns schon wieder besser!«, sagte Angie Meier lächelnd, als die beiden an unserem Tisch Platz nahmen. Und mein Papa, ganz Charmebolzen, erkundigte sich, was er für Angie und Armin holen soll, und wieselte mit dem Auftrag, einen Orangensaft, einen Cappuccino und zwei Croissants zu bringen, der Selbstbedienungstheke zu, an der ein riesiges Gedränge war.

»Jetzt wird ja sein Kaffee ganz kalt«, sagte Angie Meier sehr, sehr bedauernd. Anstalten, sich selbst ins Thekengedränge zu begeben, machte sie aber keine.

Ich schaute meine Mama an, meine Mama schaute mich an und hob dezent eine Augenbraue. Dann stand sie auf, sagte »Ich geh noch mal aufs Töpfchen!« und entfernte sich Richtung WCs. Da wir vor zehn Minuten auf dem WC gewesen waren und meine Mama kein Blasenleiden hatte, war mir klar, dass sie mir etwas sagen wollte. So murmelte ich »Ich auch« und wieselte hinter ihr her. Meine Mama erwartete mich im Waschraum vor den Klos. »Marlen«, sagte sie, »sei so nett und schau diese Angie nicht gar so unfreundlich an.«

»Sie geht mir auf den Keks!«, rief ich.

Meine Mama sagte: »Zuerst jemanden einladen und ihn dann merken lassen, dass er einem auf den Keks geht, ist fies.«

»Ich hab sie nicht eingeladen«, rief ich. »Lilli und ich waren schwer dagegen. Und der Papa zuerst ja auch! Nur die Barbara und du wolltet es!«

Meine Mama hielt mir hierauf einen Kurzvortrag zum Thema »Solidarität der Begüterten mit den Mittellosen« und ich gab mich geschlagen und gelobte ihr, Angie Meier nur noch freundlich anzuschauen.

Als wir zu unserem Tisch zurückkamen, stopfte Armin gerade den letzten Bissen von seinem Croissant in den Mund und grapschte sich hurtig das angebissene Croissant vom Teller seiner Mutter. Die merkte das nicht mal, weil sie angeregt mit meinem Papa über die »neue Linie« irgendeines Buchverlages redete. Meine Mama setzte sich nicht mehr hin, sie nahm den Wagenschlüssel vom Tisch und fragte: »Können wir jetzt?«

Das Futter hatte den Armin sichtlich munter und beschwerdefrei gemacht, er erhob sich und strebte mit dem Beute-Croissant in der einen Hand und dem blaurot karierten Köfferchen in der anderen dem Parkplatz zu. Wir gingen hinter ihm her, und mein Papa sagte zu meiner Mama: »Angie und ich haben gerade darüber geredet, dass es affig ist, wenn wir uns siezen, und sind zum Du gewechselt.«

»Okay«, sagte meine Mama bloß. Und bei unserem Auto angekommen, hielt sie der Mutter vom Armin den Wagenschlüssel hin und fragte: »Willst du vielleicht fahren, Angie?«

Angie wollte nicht! Sie sei, sagte sie, nur ihren kleinen Volvo gewohnt. So ein großes, sündteures Auto wie unseres zu fahren, dazu noch ohne Automatik, das traue sie sich leider nicht zu. Mein Papa nahm meiner Mama den Wagenschlüssel aus der Hand und erklärte, bis zur Mittagspause, die er sich in Verona wünsche, werde er fahren. Wenn mein Papa auf der Autobahn unterwegs ist, dann immer auf der linken Spur. Er ist, laut meiner Mama, die das überhaupt nicht mag, ein Freie-Fahrt-für-freie-Bürger-Typ. Grün und blau ärgert sie sich über ihn, wenn sie neben ihm sitzt und zusehen muss, wie er Autos, die vor ihm fahren, auf die rechte Spur zurückdrängt.

Aber diesmal verzichteten die beiden auf ihren Autobahn-Standarddialog. Angies Anwesenheit im Gefährt dürfte der Grund dafür gewesen sein. Und ich dachte mir: Okay, der erste Pluspunkt für die Dame!

Dank der enorm zügigen Fahrweise meines Papas waren wir bereits kurz nach ein Uhr in Verona, und ich hatte inzwischen den Inhalt vom rotblauen Köfferchen kennen gelernt. Nebst allerhand weiter nicht erwähnenswertem Kram führte Armin darin mit: Ein Quartett mit Raubtierfamilien, weil er glaubte, dass sich Lilli für Raubtiere interessiert. Ein Buch mit dem Titel »Knifflige mathematische Rätsel«, weil er dachte, Lilli werde sich begeistert ans Lösen machen. Zwei karierte Blöcke mit von ihm vorgefertigten Schifferlversenk-Plänen, die er gegen Lilli spielend auszufüllen gedachte. Ein rotes Aufblasherz (unaufgeblasen), das er Lilli als Schwimmpölsterchen andienen wollte. Ein kleines rosa plüschenes Fotoalbum, in das Urlaubsfotos von Lilli reinkommen sollten. Und einen Glasuntersetzer aus Plastikröhrchenperlen, in dem ein »L« aus rosa Perlen prunkte. Eine reizende Kindergartenarbeit! Mir lag auf der Zunge, ihn zu fragen, ob ihm seine Mummi erlaubt habe, die Perlen selbst zusammenzubügeln, aber ich beherrschte mich.

Da wir nicht lange pausieren wollten, versorgten wir uns im Self-Service der Raststätte mit Spaghetti Bolognese und Mineralwasser. Armin schnitt seine Pasta kreuz und quer, kurz und klein und schaufelte sie hernach mit einem Suppenlöffel in sich rein. Zwischen zwei Nudelladungen fragte er: »Wann treffen wir die Lilli?«

»Erst auf der Fähre nach Genua«, sagte Angie zu ihm, und zu meiner Mama sagte sie, reichlich kokett seufzend: »Jedes dritte Wort bei ihm ist Lilli! Sie hat ihm total den Kopf verdreht! Er murmelt ja schon im Tiefschlaf Lilli!«

Worauf meine Mama im gleichen Tonfall fragte: »Mag er es denn, wenn du in aller Öffentlichkeit seine Intimsphäre besprichst?«

»Er hat ja davon angefangen«, rechtfertigte sich Angie und schaute meine Mama etwas verstört an.

»Hat er nicht!«, sagte meine Mama. »Er hat bloß gefragt, wann wir sie treffen.«

Meinem Papa war dieser Wortwechsel sichtlich peinlich, und so sprudelte er drauflos, dass es besser sei, so wie wir ruckizucki nach Genua zu brausen, als wie die Leitermeiers schon am Sonntag aufzubrechen und auf halber Strecke irgendwo zu übernachten. Und dann gab er noch seiner Freude darüber Ausdruck, dass in allerletzter Minute doch noch eine freie Kabine für Angie und Armin auf der Fähre aufzutreiben gewesen sei, weil es gar nicht lustig ist, die Nacht als Zwischendeckpassagier zu überstehen. Er schwafelte so lange, bis sich die Gesichtszüge der beiden Damen wieder einigermaßen entspannt hatten, dann sagte er erleichtert, er werde für Armin und mich noch schnell ein Eis holen.

»Nein, nein, das mache ich!«, rief Angie, sprang auf und begab sich an die Bar.

Meine Mama schaute hinter ihr her und murmelte so leise, dass nur ich es verstehen konnte: »Toll, sie ist lernfähig.«

Und ich zischelte zurück: »Halt dich gefälligst selber an das, was du von mir verlangst!«

Angie kam mit zwei Tüten zurück, auf denen je drei Eiskugeln thronten. Kaum hatte Armin zweimal geschleckt, plumpsten die drei Eiskugeln von seiner Tüte. Zwei landeten auf der Tischplatte, eine platschte zwischen seinen Beinen durch auf den Boden. Dass er ein Eiskugelplumpser ist, hätte ich mir eigentlich denken können! Ich habe da nämlich eine Theorie. Dass Eiskugeln von der Tüte fallen, hat klarerweise damit zu tun, dass sie vom Eisverkäufer zu locker aufgelegt wurden. Aber wieso kriegen diese Tüten immer Verlierertypen wie Armin in die Hand gedrückt? Auch wenn unsere Frau Hofrat nicht an das Schicksal glaubt, das ist kein Zufall, da hat das Schicksal hundsgemein beschlossen: Schlecht gefüllte Eistüten kriegen die Loser, bei denen spielt einmal mehr oder weniger Pech keine Rolle! Das habe ich mir nicht einfach ausgedacht, das weiß ich aus jahrelanger Beobachtung.

Einen langen Tag untätig im Auto zu sitzen macht müder als ein Wandertag! Ich war total schlapp, als ich im Bauch der Fähre aus dem Auto kroch. Und Armin war überhaupt fixifoxifertig. Nur mit Mühe schaffte er es, die enge Treppe zu den Decks raufzusteigen. Zweimal fiel ihm dabei sein rotblau kariertes Köfferchen aus der Hand. Richtiggehend streichfähig war er! Trotzdem wollte er gleich mit uns in die oberste Schiffsetage rauf, um Lilli zu begrüßen. Wir und die Leitermeiers hatten nämlich wie jedes Jahr Nachbarkabinen in der obersten Etage gebucht, während die Kabine für die zwei Meiers zwei Etagen darunter lag. Die oberste Etage ist die vornehmste. Dort liegen Teppiche auf den Gängen, die Kabinen haben große Fenster, die Betten sind breit und die Duschen nicht vergammelt. Diese Kabinen kosten aber auch sehr viel. Für jeden von uns, sagt meine Mama, mehr als ein Billigflugticket Wien – Sardinien. Fast hätten ja meine Mama und die Barbara aus Sparwut für ihr burgenländisches Bauernhaus dieses Jahr preiswertere Kabinen gebucht, aber dann hat meine Mama gesagt, dass es ihr Magenkrämpfe macht, »lebensmäßig auf Substandard« gesetzt zu werden, und Lillis Mama hat gesagt, dass es bei dem, was unser Urlaub sowieso kostet, auf die Kosten auch nicht mehr ankommt, und so hat meine Mama wieder den Luxus bestellt. Ob es für Armin und Angie auch noch eine Luxuskabine gegeben hätte oder ob die schon alle ausgebucht waren, weiß ich nicht. Gebucht hat meine Mama für die beiden jedenfalls eine Kabine der billigen Kategorie, und die Kosten dafür haben unsere Mamas fifty-fifty übernommen.

Angie erlaubte Armin nicht, gleich jetzt mit uns zu Lilli raufzugehen. Als wir die Etage erreicht hatten, in der ihre Kabine war, sagte sie, Armin müsse zuerst mit ihr kommen. Damit er weiß, wo die eigene Kabine liegt. Sonst könnte es passieren, dass er sich nach dem Besuch bei Lilli verirrt und im Schiffstrubel verloren geht. Und ein bisschen »frisch machen« müsse er sich auch!

Mein Papa machte mit Angie aus, dass wir uns spätestens um acht Uhr vor dem Restaurant treffen, dann marschierten Angie und Armin dem Pfeil nach, der zu den Kabinen dieser Etage zeigte, und wir stiegen noch zwei Stockwerke hoch.

Beim Steward, der uns zu unserer Kabine führte, wollte mein Papa für die Zwanzig-Uhr-Abfütterung im Restaurant einen Acht-Personen-Tisch bestellen, doch der Steward sagte, dass dies das Ehepaar der Nachbarkabine bereits getan habe. Auf der Fähre wird nämlich in drei Partien Abendessen ausgegeben, da darf man nicht gemütlich rumsitzen nach dem Dessert, da wird gleich abgeräumt und abkassiert, denn auf dem Gang vor dem Restaurant warten schon die nächsten Gäste aufs Futter.

Lilli stand in der offenen Tür der Leitermeier-Kabine. Sie hatte ein neues Kleid an, ärmellos, aus reiner Seide, mit riesigen himmelblauen Rosen auf dottergelbem Grund und nicht viel länger als ein Unterhemd. Und sie war quietschvergnügt! Sie empfing uns mit: »Wie findet ihr mein neues Hängerchen?« Dazu drehte sie sich einmal im Kreis.

»Hübsch, sehr hübsch«, sagte mein Papa, schob Lilli zur Seite und ging in die Kabine rein, um Martin und Barbara zu begrüßen. Meine Mama folgte ihm, ohne einen Kommentar zu Lillis neuem Kleid abzugeben. Ich winkte Lillis Eltern bloß zu und ging mit Lilli in unsere Kabine.

»Ich war nämlich den ganzen Nachmittag mit meinem Papa allein unterwegs in der City, weil sich die Mama ausruhen wollte«, erklärte mir Lilli grinsend. »Und da hab ich ihn zum Rekordshoppen rumgekriegt. Irre coole Läden haben die hier in Genua. Im Auto habe ich noch zwei ganze Tragetaschen voll Edelklamotten!« Sie ließ sich auf eines der Betten fallen. »Die Mama war natürlich stinksauer, dass der Papa seine Kreditkarte für mich strapaziert hat, aber sie hat sich eh schon wieder beruhigt!«

Ich setzte mich neben Lilli aufs Bett und gähnte.

»Abgeschlafft?«, fragte Lilli. Und dann: »Wo ist denn Stinke-Armin samt Mutter abgeblieben? Habt ihr sie unterwegs verloren?«

»Die haben eine Kabine zwei Etagen tiefer«, sagte ich. »Und übrigens hat der Armin heute im Auto geschwitzt, aber nicht nach Münsterkäse gestunken. Er muss zwei Sorten Schweiß haben.«

Lilli brachte absolut kein Interesse für die unterschiedlichen zwei Schweißsorten vom Armin auf. Sie informierte mich lieber eingehend über den Inhalt der zwei Tragetaschen voll Klamotten, und ich wurde bei deren Schilderung ein Häuchlein neidisch. Das war wohl meinem Gesicht anzumerken, denn Lilli sagte: »Kannst dir klarerweise davon ausborgen, was dir gefällt!«

Dann rief ihr Papa lautstark von nebenan »Engelchen«, und Lilli wieselte ab. Und ich kam endlich dazu, mich des T-Shirts voll angetrocknetem Armin-Schweiß zu entledigen.

Das Abendessen war keine Sensation, aber recht ordentlich und für meine Magenverhältnisse viel zu viel. Gegrillte Melanzani, Penne mit Schinken, Lachs auf Spinat und Panna cotta. Armin hatte es geschafft, den Sessel rechts von Lilli zu ergattern. Da ich auf dem Sessel links von Lilli saß und mir Lilli weiterhin von den coolen Läden in Genua vorschwärmte, hatte er trotzdem keine Chance, mit ihr zu reden. Ein paarmal hörte ich ihn schüchtern »Du, Lilli« sagen, und einmal sah ich aus den Augenwinkeln, dass er Lilli vorsichtig auf die Schulter tupfte, doch Lilli ignorierte das komplett.

Wir löffelten gerade die Panna cotta, da sagte mein Papa zur Angie: »Ist dir nicht gut? Du hast ja kaum etwas gegessen!«

»Nein, nein, es ist nichts, wirklich nicht!«, antwortete Angie, aber es klang nicht sehr überzeugend.

»Aber du bist echt blass!«, stellte nun auch Lillis Mama fest.

Und da sagte der Armin: »Wegen der Kabine! Weil das eine Innenkabine ist, die kein Fenster hat. Meine Mummi hat nämlich diese Klaustrodingsbums, sie kriegt eine Panik, wenn sie …«

Angie unterbrach ihn: »Nein, nein, ich bin nicht richtig klaustrophobisch, fensterlose Räume sind mir nur etwas unangenehm, aber die kurze Nacht in dieser Schuhschachtel stehe ich schon durch.«

Lillis Eltern und meine Eltern schauten ziemlich betreten drein, meine Mama sagte: »Ich hab gar nicht gewusst, dass es auf der Fähre Kabinen ohne Fenster gibt.«

Worauf Lillis Papa sagte: »Die meisten Kabinen sind fensterlos. Sonst gäb's ja nur welche außen rum und nicht in der Mitte vom Schiff.«

Dann wedelte der Ober mit der Rechnung zu unserem Tisch, und Lillis Papa bezahlte. Diesmal, sagte er, sei er mit dem Zahlen dran, denn voriges Jahr habe mein Papa das Fähren-Futter bezahlt. Angie zog ihre Geldbörse aus der Handtasche und wollte ein Viertel der Rechnung übernehmen. Martin winkte ab, und sie steckte ihre Geldbörse wieder ein. Lillis Mama schlug vor, oben in der Bar noch Drinks zu kaufen und sich mit denen unter freien Himmel an die Reling zu setzen, um den Sonnenuntergang im Meer zu genießen. Damit waren alle einverstanden. Allerdings hatten schon reichlich andere Leute diese Idee gehabt. Alle Sitzplätze an der Reling waren belegt. Wir fanden nur eine freie Bank, von der aus nicht mal ein Zipfelchen vom Meer zu sehen war. Und mir fiel auf, dass meine Mama und mein Papa einander Gewitterblicke zuwarfen. Dann stand mein

Papa auf und ging in die Bar hinein, und meine Mama folgte ihm. Da ich mir nicht erklären konnte, welchen Grund diese Gewitterblicke hatten, beschloss ich, es zu erforschen, und ging auch in die Bar rein. Meine Eltern saßen mit ihren Drinks an einem Tischchen, beide mit dem Rücken zu mir. Ich setzte mich mit meinem Glas »Sugo di mele« an das Tischchen hinter ihnen. In der Bar war ein ziemlicher Wirbel, aber was meine zwei Oldies redeten, konnte ich gut hören, denn sie waren absolut nicht leise. Ein paar Phon mehr, und man hätte es als »schreien« bezeichnen können. Ich brauchte einige Zeit, bis ich kapiert hatte, worum es ging. Mein Papa hatte, wohl auf dem Weg vom Restaurant zur Bar, meiner Mama den Vorschlag gemacht, mit Armin in der »Schuhschachtel« zu nächtigen und der »armen Angie« sein Bett zu überlassen, damit sie nicht in Panik verfalle. Meine Mama war strikt dagegen!

»Alles hat seine Grenzen!«, empörte sie sich. »Sie kriegt ein Gratisquartier, sie kriegt die Fähre bezahlt, sie kriegt das Restaurant bezahlt, das ist alles okay, das gehört sich so, wenn man reichlich hat und der andere nicht, aber dein Bett kriegt sie nicht! Wenn sie es in ihrer Kabine nicht aushält, soll sie sich in einen der Aufenthaltsräume setzen, sie ist schließlich eine gesunde, junge Frau, da übersteht man so eine Nacht im Sitzen mit links!«

Mein Papa beteuerte, dass es ja bloß ein Vorschlag von ihm gewesen sei und dass er halt überhaupt schlecht damit zurechtkommt, wenn er als Luxusbinkel dastehe, während Angie mit einem »Loch« zufrieden sein muss.

Worauf ihm meine Mama vorhielt, dass er seit zehn Jahren auf der Fähre nach Sardinien in der Luxusetage nächtigt und noch nie Gewissensbisse gehabt hat, weil in den Etagen unter ihm hunderte Menschen in »Löchern« nächtigen! Und mein Papa sagte, dass er diese Menschen nicht gekannt hat, also hat er sich keine Gedanken über sie gemacht, aber die Angie kennt er, und als Mann muss man trotz aller Emanzipation der Frauen ein Kavalier sein, und in Panik zu fallen ist doch wirklich etwas Schreckliches, das muss meine Mama als studierte Psychologin wissen.

Zu einer Antwort kam meine Mama nicht mehr, weil Lilli in die Bar reinkam, auf mich zuhopste und rief: »Da bist du ja! Ich hab dich schon überall gesucht! Du kannst mich doch mit dem Wappler nicht allein lassen.«

Meine Eltern hatten sich zu mir umgedreht und schauten mich entrüstet an. Ich stand auf, zuckte mit den Schultern und sagte: »Ich weiß eben gern Bescheid!«

Dann ging ich mit Lilli wieder aufs Deck raus. Ein paar Bänke an der Reling waren jetzt leer. Aber die Sonne war bereits untergegangen, der »Wappler« und Angie waren auch weg. Die hätten sich, sagte Lillis Mama, eben verabschiedet und zur Ruhe begeben.

9. Kapitel

in welchem wir endlich unser tolles Ferienhaus beziehen und Lillis Eltern schön langsam etwas »dämmert«.

Porto Torres, wo unsere Fähre um halb sieben Uhr in der Früh gelandet war, ist im Norden von Sardinien. Santa Margherita, wo unser Ferienhaus war, liegt am südlichsten Zipfel von Sardinien. Dazwischen sind an die zweihundertfünfzig Kilometer Schnellstraße. Meine Eltern hatten mit Lillis Eltern ausgemacht, dass wir uns wie jedes Jahr in der Emilio-Bar am Stadtrand von Porto Torres auf ein Frühstück treffen und dann im »Konvoi« nach Süden fahren.

Da wir später als die Leitermeiers auf die Fähre raufgefahren waren, fuhren wir klarerweise früher von der Fähre runter als sie, weil die Autos im Fährenbauch wie Bücklinge in einer dreilagigen Dose geschichtet sind, aus der man ja auch zuerst rausnimmt, was zuletzt reingetan wurde. Aber normalerweise ist eine Fähre in einer Viertelstunde leer geräumt, und darum wurden mein Papa und meine Mama ein bisschen nervös, als vom Leitermeier-Auto, nachdem wir bereits eine halbe Stunde vor der Emilio-Bar unter einem Sonnenschirm hockten, noch immer nichts zu sehen war.

»Sie können sich doch nicht verfahren haben«, rätselte

meine Mama. »Sie kennen den Weg aus der Stadt raus doch wohl im Schlaf.«

»Vielleicht hat Lillis göttlicher Erzeuger einen Buserer gehabt«, mutmaßte mein Papa (so nennt er Unfälle mit kleinem Blechschaden).

Angie sagte gar nichts. Sie hockte, in eine dicke Strickjacke gewickelt, ziemlich bleich im Gesicht, mit blauen Ringen unter den Augen neben Armin, der trübe vor sich hin starrte, weil ihm noch der nächtliche Schreck in den Knochen saß! Er hatte nämlich einen Horrortrip hinter sich. Als wir uns zum Rausfahren im Bauch der Fähre bei unserem Auto getroffen hatten, hatte er mir erzählt, was ihm in der Nacht Schreckliches zugestoßen war:

Abgeschlafft, wie er ist – und deprimiert, weil ihn Lilli den ganzen Abend über kaum beachtet hat –, legt er sich in der Schuhschachtel aufs untere Teil des schmalen Stockbetts, schläft gleich weg und wird plötzlich munter, weil nebenan ein Baby brüllt. Stockfinster ist es um ihn herum, er hat keine Ahnung, wie spät es ist, wo ein Lichtschalter ist, weiß er auch nicht. Und merkwürdig kommt ihm vor, dass seine Mummi so gar nichts sagt. Die müsste doch auch wach geworden sein vom Geschrei, denkt er sich. Er steht auf und grapscht das obere Bett ab. Es ist leer! Er tastet die Wände der Kabine ab, um einen Lichtschalter zu finden. Den findet er nicht, aber die Türklinke findet er und öffnet die Tür. Auf dem engen Gang vor der Kabine brennt ein schummriges Nachtlicht. Er denkt, dass seine Mummi in der Schuhschachtel von dem Klaustrodingsbums angefallen wurde und nach draußen geflüchtet sein könnte. Und dass sie Trost braucht! So macht er sich in Unterhose und Unterhemd auf die Suche nach ihr. Zuerst hat er Mühe, den Weg aus dem Kabinengängegewirr raus zu finden, dreimal tappt er im Kreis, bis er endlich zur Tür kommt, die auf den hellen Gang mit den großen Fenstern führt. Die Hoffnung, seine Mummi an einem Fenster nahe der Tür zu entdecken, erfüllt sich nicht. Also tappt er den Gang runter und wieder rauf, steigt die Treppe zur nächsten Etage hoch und sucht dort den Gang ab, steigt zwei Etagen runter und dann noch eine und dann wieder ein paar Etagen hoch und sucht weiter und weiter und weiter. Überall sitzen und liegen schlafende Leute auf den Gängen herum, in der Bar oben zechen sich etliche Grüppchen durch die Nacht, auf dem Deck unter freiem Himmel schauen ein paar eng umschlungene Liebespaare verklärt zu den Sternen hoch, im Self-Service-Restaurant kehren zwei schwarzhäutige Frauen mit riesigen Besen Abfall vom Boden auf, aber seine Mummi sieht er nirgendwo. Und sein verschlafenes Hirn erinnert sich plötzlich nicht mehr daran, in welcher Etage sich seine Schuhschachtel befindet und welche Kabinennummer sie hat, und er bekommt rasendes Herzklopfen und Bauchziehen! Nicht nur, weil er nicht mehr weiß, wohin er gehört, sondern weil er schreckliche Angst hat, seine Mummi könnte in allerhöchster Klaustrodingsbumspanik von der Reling ins Meer gesprungen und ertrunken sein. So hockt er sich vor der versperrten Restauranttür auf den Boden und zittert vor sich hin. Kalt ist ihm nämlich jetzt auch. Irgendwann erbarmt sich dann ein vorbeikommender Schiffssteward und nimmt ihn mit zum Empfang, wo eine Schiffsstewardess in einer Liste nachschaut, welche Kabinennummer Angie und Armin Meier aus Wien haben. Nachdem das geklärt ist, bringt ihn der Steward zur richtigen Tür. Und dort steht, völlig aufgelöst vor Sorge, seine Mummi! Sie war bloß auf dem Klo gewesen, als der Armin vom Babygeplärr munter geworden ist. Und sie hat ihn nun schon gut zwei Stunden lang gesucht!

Kein Wunder, dass Armin wegen seines nächtlichen Trips bedrückt war. Dreizehn Jahre alt sein und sich eine dreistellige Kabinennummer nicht merken können ist ja wirklich urpeinlich!

Das Leitermeier-Auto parkte erst nach einer Stunde vor der Bar. Nachdem wir sie bereits verlassen hatten, sei auf der Fähre der Teufel los gewesen, erzählten Lillis Eltern. Eine aufgebrezelte Tussi in einem Cabrio hatte direkt in der Ausfahrt mit ihrem Beifahrer einen Streit gehabt und hatte, unter Mitnahme des Wagenschlüssels, die Flucht ergriffen, der Beifahrer war hinter ihr her, und das unbesetzte Cabrio hatte allen Autos, die aufs Rausfahren gewartet hatten, den Weg versperrt, bis eine Schar superkräftiger Matrosen das Gefährt weggetragen hatte.

Lillis Mama und Lillis Papa kippten flugs einen Espresso, Lilli nahm sich bloß ein Eis aus der Kühltruhe in der Bar. Essen wollten alle drei nichts. Also fuhren wir fünf Minuten später schon wieder los, ich saß im Leitermeier-Auto, und Lilli flüsterte mir zu: »Na, wie hab ich das hingekriegt?«

»Ziemlich hinterhältig, aber gut«, flüsterte ich zurück.

Armin hatte nämlich mit Lilli im Auto fahren wollen. Diesen Wunsch hatte er, als wir noch vor der Emilio-Bar saßen, Angie vorgetragen, und die hatte gesagt, da müsse er Barbara und Martin fragen. Aber die hatte er nicht extra fragen müssen, weil sie es ja gehört und »Na klar« gesagt hatten.

Worauf mir Lilli zugezischt hatte: »Das wird verhindert.«

Dann war mein Papa in die Bar reingewieselt, um die Rechnung zu bezahlen, und Lilli hatte freundlich zu Armin gesagt: »Geh lieber noch mal aufs Klo, sonst musst du unterwegs in den Straßengraben pieseln.«

Gehorsam war Armin in die Bar gewatschelt, Lilli hatte mich ins Leitermeier-Auto geschubst und hatte zu ihren Eltern gesagt: »Er hat es sich doch anders überlegt, er will mit seiner Mutter fahren.«

»Engelchen, dein Schützling ist ein wankelmütiger Knabe«, hatte Lillis Papa gesagt, und Lillis Mama hatte vorgeschlagen: »Dann fahren wir los, der Michi überholt uns sowieso demnächst.«

Lillis Mama hatte sich hinter das Lenkrad gesetzt, Lillis Papa hatte auf dem Beifahrersitz Platz genommen, Lilli war zu mir nach hinten geklettert, das Leitermeier-Auto hat bloß zwei Türen, und wir waren abgezischt, bevor Armin den WC-Gang erledigt hatte.

Mein Papa überholte das Leitermeier-Auto schon nach einem knappen Kilometer und fuhr dann vor uns her. In gedrosseltem Tempo, damit Barbara mithalten konnte.

Ich flüsterte Lilli ins Ohr: »Und was sagst du, wenn sich herausstellt, dass es sich der Armin gar nicht anders überlegt hat?«

Lilli zuckte mit den Schultern und antwortete so grinsend wie leise: »Hab ich mich eben verhört, kann doch passieren!«

Etwa hundert Meter nach dem Ortsschild »Santa Margherita« bog mein Papa von der Schnellstraße auf einen staubigen Kiesweg ab. Barbara wollte hinter ihm herfahren, doch Martin zeigte ihr den Lageplan unseres Ferienhauses, den uns die Maklerin gefaxt hatte, und rief: »Der Michi ist falsch abgebogen, das ist nicht die erste Straße nach dem Ortsschild, das ist bloß ein Feldweg!«

Dass er sich auf einem Feldweg befand, sah mein Papa auch bald ein, im Rückwärtsgang kam er auf uns zu. Barbara fuhr wieder los, und mein Papa bald darauf hinter uns her. Und Martin sagte lachend zu mir: »Was dein Papa beim Rasen rausholt, verzettelt er letzten Endes beim Konfus-in-die-Irre-Fahren!«

Irgendwie stimmt das wohl. Ein guter Pfadfinder ist mein Papa nicht. Und meine Mama ist auch keine tolle Kartenleserin.

Ist schon vorgekommen, dass wir in einem Ort eine Stunde lang rumgekurvt sind, bis wir unser Quartier gefunden haben. Aber gar so abfällig, fand ich, hätte das Martin nicht sagen müssen! Allerdings wies er Barbara den Weg völlig richtig. Kaum drei Minuten später, ohne den geringsten Umweg, kam unser Zweierkonvoi vor dem Gartentor von unserem Ferienhaus an, und Lilli und ich kletterten aus dem Auto.

Von der Straße aus war vom Haus bloß das rote Ziegeldach zu sehen, weil uns jede Menge hoch gewachsenes, teils blühendes, teils bloß blättriges Grünzeug die Sicht verstellte. Das Gartentor stand offen, ein Latzhosenmann lehnte dran, winkte und rief: »Willkomme von Herze!«

Lilli und ich nickten dem Latzhosenmann zu, liefen in den Garten rein und den Kiesweg zum Haus hin. Meine Mama holte uns ein. »So geht das wirklich nicht«, sagte sie.

»Was geht so nicht?«, fragte Lilli mit Unschuldsmiene.

Meine Mama keifte: »Wenn ihr den Armin nicht bei euch im Auto haben wollt, dann sagt ihm das. Aber ihn einfach aufs Klo schicken und abzischen ist fies.«

Ich wusste nichts drauf zu sagen. Lilli auch nicht. Sie zuckte bloß mit den Schultern und schaute meine Mama mit einem Du-hast-mir-gar-nichts-zu-sagen-Blick an. Meine Mama nahm Lillis Blick gelassen zur Kenntnis und fuhr, ausschließlich an mich gewandt, mit ihrer Predigt fort: »Ich hätte gern, dass du dich wie ein anständiger Mensch verhältst, Marlen!«

Barbara war wohl von Angie oder meinem Papa informiert worden, denn sie jappelte auf uns zu und sagte entschuldigend zu meiner Mama: »Sie haben gesagt, dass es sich der Armin anders überlegt hat, ich konnte nicht ahnen, dass das nicht stimmt.«

Lilli ließ die beiden Mamas einfach stehen und ging weiter. Ich hätte natürlich Barbara darauf hinweisen können, dass ICH gar nichts gesagt hatte! Aber wozu? Das hätte an der Sache auch nichts geändert! Außerdem waren mein Papa und Lillis Papa mit dem Latzhosenmann gekommen, und meine Mama redete heftig italienisch auf ihn ein. Sie freut sich immer, wenn sie zeigen kann, wie gut sie Italienisch kann. Also ging ich auch weiter.

Das Haus war ein echtes Traumhaus, und der Pool hinter dem Haus war überhaupt irre! Groß und tief und türkisblau! Aber Lilli und ich kamen zuerst nicht dazu, diesen »Herrschaftssitz« zu bewundern, denn als wir das Haus umrundeten und zu seiner Vorderseite kamen, wo es eine riesige Terrasse mit Meerblick hat, lagerten auf dieser Terrasse in Liegestühlen Papa, Mama und Sohn Tanneberg. Und auf dem Terrassentisch standen ein Stapel Plastikbecher und zwei Flaschen in dicken Styroporkühlmäntelchen.

Sie sind, sagte sich erhebend Papas Spezialkumpel, vom Hotel herübergekommen, um uns erschöpften Reisenden einen Welcome-Drink zu kredenzen.

Lilli warf sich in den freien Liegestuhl neben Marcel und sagte: »Servus, Marcel. Ich bin die Lilli. Ich hab schon viel von dir gehört.«

Marcel sagte: »Und ich von dir auch. Ich bin der, der dir deinen Supercoup vermasselt hat.«

Lilli sagte großzügig: »Du hast ja nicht ahnen können, dass eine Tanzbärin-Nichte in deine Klasse geht.«

Papas Freund öffnete unter viel Schnaufen, weil der Korken so fest saß, eine der ummäntelten Flaschen und machte sich ans Becherfüllen. »Wie viele Gläser brauchen wir?«, fragte er mich.

»Wenn der Nachwuchs auch was abkriegt, dann sechs

für uns und drei für euch, macht neun«, antwortete Lilli.

Ich widersprach: »In dem Fall elf, weil der Armin und seine Mutter auch mitgekommen sind.«

»Ich hab ja gleich gesagt, dass zwei Bottles Champagner nicht reichen werden«, raunzte Mama Tanneberg.

»Wir machen kein Besäufnis, wir prosten uns bloß aufs schöne Sardinien zu«, rügte Papas Freund seine Frau Gemahlin und dann rief er »Hallo«, denn meine und Lillis Eltern samt Hausmeister waren um die Hausecke rumgekommen.

Mein Papa sprang vor Freude im Dreieck, als er der Tannebergs ansichtig wurde. Meine Mutter nahm es gnädig hin und machte Barbara und Martin mit ihnen bekannt, dann verteilte Papas Spezialkumpel die Becher mit dem Kugerlwasser. Jeder Erwachsene bekam ein halb volles Becherchen, jedes Stück Nachwuchs ein viertelvolles, und der Latzhosenmann kriegte einen randvollen Becher, weil, wie der Spezialkumpel leise zu meinem Papa sagte, ein gutes Verhältnis zum dienenden Personal Gold wert ist!

Ich kam, an meiner Kugerlwasserration nippend, hinter den beiden Mamas zu stehen und hörte Lillis Mama meine Mama fragen: »Wo ist denn Angie plötzlich hin?«

Meine Mama antwortete: »Sie ist im Haus drinnen und tröstet ihren frustrierten Sohn. Der arme Kerl war ja den Tränen nahe.«

Worauf Lillis Mama einen Miniseufzer tat und sagte: »Wäre meine Tochter anderer Leute Kind, würde sie mir manchmal gar nicht besonders sympathisch sein.«

»Das kommt in den besten Familien vor«, sagte meine Mama und tat einen Solidaritätsseufzer, der so klang, als kenne sie dieses Gefühl aus eigener Erfahrung. Solchem Quatsch wollte ich nicht länger lauschen und trug mein Becherchen ans andere Ende der Terrasse, wo Lilli und Marcel in den Liegestühlen lagerten.

Marcel war in den paar Wochen, seit er bei uns zu Besuch gewesen war, noch schöner geworden. Dieser Zuwachs an Schönheit kam wohl daher, dass erstens seine Haut vom Haaransatz bis zu den Zehennägeln den Farbton »in der Sonne schmelzendes Nougat« angenommen hatte und zweitens von dieser Nougatpracht jede Menge zu sehen war. Er hatte bloß eine knielange Hüfthose am Leibe, und seinen Kopf zierte eine Art Piratentuch in Knallrot. »Wie geht es?«, fragte mich Marcel träge und linste aus halb geschlossenen Augen zu mir hoch. »Alles im grünen Bereich?«

»Danke, einigermaßen«, antwortete ich.

»Soll ich dir kavaliersmäßig mein Liegegestühl überlassen?«, fragte er.

»Bleib liegen«, sagte ich. »Ich geh mich im Haus umschauen.«

Lilli nickte mir zu. Das war offensichtlich ganz in ihrem Sinne. Ich trank den letzten Schluck aus meinem Becher und wollte ins Haus gehen. Da sagte Lilli: »Wo ist denn eigentlich dein Wappler hingekommen?«

Nun gehörte also Armin schon komplett mir, und sie war für ihn kein bisschen mehr zuständig! Das machte mich einigermaßen sprachlos. Lilli entging mein Gram über ihre Frage, Antwort erwartete sie sich anscheinend auch keine, denn sie drehte den Kopf zum Marcel und erklärte ihm: »Es geht um den Fettfleck, der vorhin den Weg raufgewatschelt ist. Das ist der, dem ich die Mathearbeit verbessert habe. Eigentlich hätte ich ihn den Sommer über mathefit machen sollen, aber Marlen hat ihn mir abgenommen. Ich habe zu wenig Geduld für diesen Deppen. Außerdem muss sie ihn mir vom Leib halten, weil er in mich verknallt ist.«

So konnte man also die Angelegenheit auch sehen!

Dann öffnete Lillis Mama die Tür, die vom Wohnzimmer auf die Terrasse führte, und rief: »Sucht euch ein Zimmer aus, sonst regt ihr euch wieder auf, dass ihr nicht das schönste bekommen habt.«

»Gleich«, sagte Lilli freundlich.

»Nicht gleich, sofort!«, sagte Lillis Mama. »Wir wollen schließlich auch unsere Zimmer beziehen.«

Lilli verdrehte à la »Die Frau nervt« die Augen und sagte zu mir: »Such du aus, mir ist egal, wo wir hausen.«

Also ging ich mit Lillis Mama ins Haus und besichtigte die zur Auswahl stehenden Räume. Das Zimmer im Erdgeschoss hatte schon Angie belegt. Da alle Zimmer im oberen Stock groß und hübsch eingerichtet waren, nahm ich das einzige mit Meerblick. Dann holte ich meine Reisetasche und meine Türkenkoffer, die vor der Haustür standen, und trug den Kram in unser Zimmer rauf. Lillis Mama folgte mir mit Lillis Köfferchen und den Tragetaschen mit den Klamotten, die Lilli in Genua bekommen hatte. Sie stellte das Köfferchen und die Tragetaschen ab, setzte sich aufs Doppelbett und sagte: »Würdest du mir was erklären, Marlen?«

Ich ahnte, was sie erklärt haben wollte, und antwortete, eher ablehnend: »Wenn ich kann.«

»Ich möchte wissen, was wirklich zwischen meiner Tochter und dem Armin läuft«, sagte Lillis Mama.

Ich beutelte den Inhalt meiner vier Türkenkoffer und der Reisetasche auf das Doppelbett und besah mir, was ich zu Hause alles eingepackt hatte, und sagte: »Frag sie selber.«

»Ich möchte aber die Wahrheit erfahren«, beharrte Lillis Mama, »und von meiner Tochter erfahre ich sie garantiert nicht.«

Ich sortierte meine auf dem Bett verstreuten Klamotten und stellte fest, dass ich nicht nur meine Lieblingshose und mein Lieblings-T-Shirt daheim vergessen hatte, sondern auch, dass keines der drei vorhandenen Bikinioberteile zu einem der vier mitgenommenen Bikiniunterteile gehörte, und dass ich anscheinend keine einzige Unterhose eingepackt hatte! »Also, was ist da los, Marlen?«, bohrte Lillis Mama stur weiter.

Als sie wieder keine Antwort bekam, stand sie auf, seufzte und ging hinaus.

Zehn Minuten später, da hatte ich meinen Kram schon verstaut, kam Lilli, inspizierte unser Zimmer und war mit meiner Wahl zufrieden. Unzufrieden war sie aber damit, dass die Tannebergs zurück in ihr Hotel gegangen waren. Sie maulte: »Ich bin nicht dazu gekommen, mir mit dem Schnuckelchen was auszumachen.«

Doch gleich drauf lächelte sie wieder vergnügt und sagte, dass wir zwei einfach am Nachmittag auf den

Hotelstrand rübergehen und dort ja wohl den Marcel antreffen werden.

»Und Armin?«, fragte ich.

»Also echt!«, entrüstete sich Lilli. »Für die Urlaubsgestaltung des Wapplers bist du nicht auch noch zuständig! Die hat mit Mathe nichts zu tun!«

10. Kapitel

in welchem mir der Armin irgendwie ans Herz wächst und der Urlaub, bis auf 55 Kakteenstacheln, relativ problemlos vor sich hin dümpelt.

Über unsere erste Sardinienwoche ist nichts Sensationelles zu berichten. Jeden Tag knallte die Sonne von früh bis spät vom wolkenlosen Himmel, nur zweimal gab es zwischendurch kurze, heftige Gewitter mit tollen Blitzen und beeindruckendem Gedonnere. Das Meer wogte gemächlich glasklar türkisblau, ohne das geringste bisschen Seegras. Barbara und Martin schleppten Nahrung heran und kochten uns echt gutes Futter und waren begeistert, dass das Trüffelöl und der frische Thunfisch und der Arborio-Reis nicht einmal halb so viel kosteten wie daheim. Manchmal gingen wir auch in ein Restaurant essen, aber seltener als in früheren Jahren, weil Lillis Mama meinte, es sei für Angie nicht angenehm, sich dauernd von uns einladen lassen zu müssen, da komme sie sich wie »die bettelarme Kirchenmaus zu Gast bei den fetten Landmäusen« vor! Mein Papa führte lange Männergespräche mit seinem Spezialkumpel Kurtl, der täglich zu uns rüberkam, und er führte, meistens spät am Abend, noch längere Literaturgespräche mit Angie. Zudem war er enorm davon angetan, dass es im Haus vier Badezimmer mit WC drin und dazu noch zwei Extraklos gab und er bei Bedarf nie vergeblich um Einlass pochen musste. Und meine Mama telefonierte täglich mindestens fünfmal ewig lange mit ihrer Agentur, wobei sie ausführlich seufzte; anscheinend kamen die ohne sie nicht wirklich gut zurecht. Lilli war hinter dem Marcel her und ich stellte mit einiger Genugtuung fest, dass das Schnuckelchen zu ihr auch nicht viel anders war als zu mir, also nett und freundlich, aber keineswegs auf dem »Eroberertrip«. Und ich plagte mich mit Armin ab. Wenn alle anderen Siesta hielten, übte ich Mathe mit ihm. Und jeden Vormittag und jeden Nachmittag hockte er neben mir am Strand gleich unter unserem Haus, schwamm neben mir im Wasser, spielte mit mir Schifferlversenken oder latschte mit mir zum Gelati-Kiosk. Und jeden Tag fragte er mich, warum er für Lilli Luft ist, wieso sie ihn zuerst gemocht hat und jetzt nicht mehr, und was er tun kann, damit sich das ändert, weil er sie doch so gern hat. Was hätte ich ihm denn sagen sollen? Die nackte Wahrheit? Sie mochte dich noch nie, sie wird dich nie mögen, sie hat nur vorgelogen, dass sie dich mag, weil dadurch ihr Supercoup edler ausgeschaut hat!

Das schaffte ich nicht. Das hätte ich wahrscheinlich auch nicht geschafft, wenn mir Armin völlig Wurst & Blunzen gewesen wäre, aber irgendwie mochte ich ihn von Tag zu Tag immer ein bisschen mehr. Also sagte ich ihm bloß, dass Lilli halt »ein wenig arg launisch« ist und er Geduld haben muss. Und er schaute dann wieder zuversichtlich aus der Wäsche und versprach, das zu beherzigen.

Dass ich Armin zu mögen anfing, hat mit meiner blöden Spinnenangst zu tun! Ich verfalle nämlich in Panik, wenn mir eine Spinne nahe kommt, schon das winzigste Spinnenexemplar reicht da! Und am zweiten Urlaubstag war ich nach dem Mittagessen mit Armin zum hauseigenen Pool gegangen, um mit ihm Gleichungen zu üben. Wir hatten uns unter ein Schatten spendendes Orangenbäumchen gesetzt, ich mit unserem Mathebuch in den Händen, er mit dem karierten Block auf den Knien.

Und da hocke ich, im Schneidersitz, an den Bäumchenstamm gelehnt, und plötzlich sehe ich, wie sich eine Kreuzspinne an einem Glitzerfaden von einem Zweig runterlässt. Eine derart riesige, fette, eklige Spinne hatte ich überhaupt noch nie gesehen! Schon gar nicht zehn Zentimeter vor meiner Nasenspitze! Und kaum eine halbe Schrecksekunde später krabbelt das Grausvieh langsam über meinen nackten linken Oberschenkel in Richtung Bauch! Ich erstarre zur Salzsäule, unfähig mich zu rühren, nicht mal fähig zu kreischen. Armin bemerkt das, erkennt blitzschnell, worum es geht, reißt ein Blatt vom Rechenblock, schiebt es zwischen die Kreuzspinne und meine Haut, trägt das Blatt mit dem Grausvieh auf die Wiese unter dem Pool, stupst das Untier vom Papier, kommt zurück, rechnet weiter und erwähnt die ganze Aktion mit keinem einzigen Wort!

Viele Menschen sind mir schon in meiner Spinnenpanik beigestanden. Aber nie ohne saudumme Kommentare. Meine Mama pflegt in so einem Fall zu sagen: »Schatzi, vielleicht würde dir eine Konfrontationstherapie helfen?« (Da muss man sich mit dem, wovor man Angst hat, vertraut machen.) Mein Papa vermutet: »Das arme Kind muss irgendwann einmal, von uns unbemerkt, als Baby ein Spinnen-Horror-Erlebnis gehabt haben!« (Weil ich schon im Alter von einem Jahr diese blöde Spinnenpanik hatte.) Und meine Oma Gretl sagt: »Das Hysterische hast du von deiner Mutter geerbt!« (Was Oma Gretl an mir mag, hält sie für Erbgut ihres Sohnes, was sie nicht mag, schiebt sie auf die Gene ihrer Schwiegertochter.)

Dass mich jemand einfach wortlos aus der Spinnennot befreit und sich nicht extra als mein Retter aufspielt, dafür war ich dankbar. Und im Wasser, stellte ich fest, war Armin auch einsame Spitze, er schwamm rekordverdächtig brust- wie rückenkraulend und blieb beim Tauchen so lange unter Wasser, dass man direkt Angst hätte kriegen können um ihn! Und er brachte mir dann immer ein paar Muscheln vom Meeresboden mit. Einmal sogar einen Seestern. Außerdem stank er beim Rechnen kein bisschen mehr. Nicht einmal, wenn er eine Aufgabe nicht lösen konnte, was gottlob immer seltener passierte. Zuerst dachte ich ja, ich merke den Münstergestank nicht, weil wir im Freien lernen und der Wind, der dauernd in Sardinien weht, den üblen Geruch fortträgt. Aber auch wenn ich mich probeweise dicht an Armin ransetzte und er eine knifflige Aufgabe zu lösen versuchte, war er geruchsmäßig völlig unauffällig; ich erschnupperte bloß Kokosnusssonnencreme und Zitronengel. Und ein bisschen hübscher wurde Armin auch, weil er mit jedem Tag brauner wurde. Er sah bald nicht mehr hefeteigmäßig quallig, sondern schweinsbratenmäßig knusprig aus. Kurz und gut: Ich schaffte es einfach nicht, mit Lilli zu den Tannebergs rüberzuwandern und Armin den drei Mamas und den zwei Papas zu überlassen! Obwohl mich Lilli oft aufforderte, den Klotz am Bein, so nannte sie ihn nun immer, sitzen zu lassen und mit ihr zu kommen. Ich versuchte Armin zuliebe sogar, Lilli dazu zu bringen, sich ein bisschen um ihn zu kümmern. Als Argument trug ich ihr vor, dass sie doch um nichts in der Welt ihren Papa enttäuschen will! Und dass sich der jetzt fragen muss, wieso sein Engelchen plötzlich kein Interesse am armen Armin hat und keine Lust mehr, ihm durchs harte Leben zu helfen! Aber das Argument zog leider überhaupt nicht.

»Ach was, das habe ich mit meinem Papa längst geklärt«, versicherte mir Lilli. »Ich habe ihm gesagt, dass sich der Armin total in mich verknallt hat und dass es daher besser ist, wenn ich mich von ihm fern halte, weil ich nicht will, dass er sich Hoffnungen macht, die ich nicht erfüllen kann. Und dass du deswegen das Mathelernen mit ihm übernommen hast.« Lilli schaute sehr zufrieden drein. »Und mein Papa hat gesagt, dass ich mich richtig verhalte, weil es besser ist, falsche Hoffnungen schnell zu begraben, als sie lang mit sich rumzuschleppen.«

Als unser Urlaub zur Hälfte um war, lud mein Papa die Tannebergs zu einem Steakabend auf unserer Terrasse ein. Dort gab es nämlich einen tollen Grill, einen zwei Meter langen, gemauerten, mit Rauchabzug samt Schornstein drüber. Mein Papa kocht zwar ungern, aber er grillt gern, weil er versessen auf Feuer und Glut ist. Wenn ihn sein Vater nicht gezwungen hätte zu studieren, wäre er Feuerwehrmann geworden. Behauptet er wenigstens.

Meine Mama hatte, eingedenk von Marcels Fressorgie bei uns daheim, Unmengen von Filets diverser Tiere gekauft, Barbara hatte sie mit Kräutern und Öl mariniert, Angie hatte Salate gemischt, und Martin hatte aus dem Nachbarort vom Konditor eine riesige Torte geholt und vom Bäcker einen Korb Brot.

Mein Papa widmete den ganzen Nachmittag der Erzeugung einer »perfekten Glut«, weil er nicht mit gekaufter Holzkohle arbeiten wollte, sondern dicke Orangenholzprügel schön langsam verbrennen ließ, damit sie zu einer Art Holzkohle werden. Armin half meinem Papa beim Heranschleppen der Prügel und beim Stochern in der Glut und war schwer begeistert, dass ihn mein Papa »toller Superassistent« nannte.

Die Tannebergs kamen wieder mit Flaschen in Styropormäntelchen an, und Marcel brachte fünf rosarote Rosen mit, für je ein weibliches Wesen eine. Als er mir meine Rose übergab, sagte er: »Urpeinlich, aber meine Mutter findet alles Urpeinliche reizend.«

Lilli fand ihre Rose sichtlich nicht urpeinlich. Sie schnupperte begeistert an ihr, dann knipste sie den Stängel kürzer und fädelte den gekürzten Stängel durch zwei Brustknopflöcher ihres gelben Seidenkleides mit dem blauen Rosenmuster. Und Armin zischte mir vorwurfsvoll zu: »Aber zu mir hast du gesagt, dass sie Rosen nicht mag!«

Ich tat, als habe ich Armins Gezischel nicht gehört, und sagte zu Lilli: »Irgendwie beißt sich die echte Rose mit den gemalten.«

Worauf Lilli ins Haus lief und kurz darauf angetan mit

meinem schwarzen Seiden-T-Shirt und meiner neuen weißen Leinenhose retour kam. Die rosarote Rose hatte sie jetzt mit einem Steckkamm über dem linken Ohr fixiert, und Marcel murmelte bei ihrem Anblick: »Der schönste Pfingstochse, den ich je sah.« Was Lilli aber nicht hören konnte und mich daher strahlend fragte: »Passt jetzt alles zusammen oder beißt sich wieder was?«

»Eigentlich haben wir ausgemacht, dass du mich um Erlaubnis fragst, bevor du dich an meinen Klamotten bedienst!«, sagte ich.

Lilli lächelte mich ganz lieb an und meinte: »Du hättest es mir doch sowieso erlaubt, wenn ich dich gefragt hätte. Wozu soll ich also extra fragen?«

Dann rief mein Papa, dass die erste Steakpartie gleich von seinem Superassistenten angeliefert wird. Wir setzten uns alle an den Tisch, und Armin kam mit einer Platte voll Steaks. Jeder nahm sich ein Steak, bloß Marcel holte sich drei von der Platte. Und von der nachgelieferten Partie nahm er sich noch mal drei. Von den Salaten bediente er sich ebenso reichlich, dazu stopfte er einen Wecken Toskanabrot in sich rein, was Papa Tanneberg zur launigen Bemerkung animierte: »Aber auf Bandwurmbefall ist er untersucht, den hat er nicht!«

Lilli hatte sich neben Marcel gesetzt, doch der schenkte seine ganze Aufmerksamkeit der Nahrungsaufnahme. Und als er endlich pappsatt war, machte er ein Bäuerchen, welches er wieder zu einem »Magenschas« auf dem Fehlweg erklärte, erhob sich und stieg von der Terrasse in den dunklen Garten hinab, zum Pool.

»Er geht abliegen«, informierte ich Lilli.

»Was geht er?« Lilli schaute kugelrund.

»Abliegen«, wiederholte ich und fügte tröstend hinzu: »Dauert aber nicht lang. Er liegt nur ab, bis wieder Blut vom Magen in den Kopf geflossen ist.«

Lilli stand auf, verließ die Terrasse und verschwand in Richtung Pool, und Armin, der meinem Papa half, Verbrutzeltes vom Grillrost zu schaben, schaute traurig hinter ihr her.

Was am Terrassentisch kreuz und quer geredet wurde, interessierte mich kein bisschen. Papas Spezialkumpel Kurtl tauschte mit Barbara Tipps zum soliden Aktienankauf aus, Mama Tanneberg erklärte Angie das schwierige Leben einer »Nur«-Hausfrau mit einem anspruchsvollen Herrn Gemahl und einem anspruchsvollen Sohn, Angie revanchierte sich dafür mit den Schwierigkeiten einer allein erziehenden Halbtagskraft, und meine Mama und Lillis Papa verfluchten in schöner Einigkeit unsere heimatliche Regierung und überlegten, wohin man »auswandern« könnte. Immer wenn meine Mama ein bisschen zu viel getrunken hat, denkt sie nämlich ans Auswandern. Früher wollte sie jedes Mal, wenn sie einen Schwips hatte, nach Italien auswandern, aber seit dort der Herr Berlusconi regiert, will sie das auch nicht mehr.

Da sich niemand am Tisch um mich kümmerte und mir das Zuhören keinen Spaß machte, beschloss ich, mich nützlich zu machen. Ich stapelte die dreckigen Teller und trug sie in die Küche, sammelte die zerknüllten Papierservietten und die Messer und die Gabeln ein und brachte saubere Teller und die riesige Torte auf die Terrasse. Meine Mama wollte natürlich wieder einmal nichts Süßes, weil sie um ihre 36er-Kleidergröße besorgt war! Alle anderen säbelten sich große Stücke von der Torte, und Angie rief: »Armin, komm her, es gibt schmatzofack Kuchen!«

Mein Papa folgte dem Lockruf, der Armin gegolten hatte, Armin kratzte weiter am Grillrost herum. Angie rief noch zweimal nach ihm, aber er tat, als habe er sie nicht gehört, und sie sagte zur Tischrunde: »Kann ihm eh nicht schaden, wenn er weniger isst.«

Ich widmete mich meinem oberleckeren Tortenstück, und als ich es verputzt hatte und wieder zum Grill hinsah, stand Armin nicht mehr dort. Ich dachte: Entweder ist er in sein Zimmer weinen gegangen, weil er kapiert hat, dass Lilli auf den Marcel steht wie der Hund auf den Knochen, oder er ist zum Pool runter, hinter Marcel und Lilli her. Um rauszukriegen, welche der zwei Möglichkeiten die richtige ist, ging ich ins Haus rein, zur Tür vom Angie-Armin-Zimmer. Vorsichtig öffnete ich die Zimmertür. Das Zimmer war leer. Also wieselte ich den Weg zum Pool runter. Der Weg ging zuerst sanft bergab, dann kamen Stufen. Von der obersten konnte man den Pool samt näherer Umgebung überblicken. Auch in der Nacht, falls die Lampen am Pool brannten. Die Lampen waren zwar auf »Sparbeleuchtung« geschaltet, es leuchtete nur jede zweite, und das mit halber Wattkraft, aber ich hatte kein Problem zu erkennen, was sich da unten tat: Auf einer der Liegen ruhte Marcel, auf dem Rücken, die Arme hinter dem Kopf verschränkt. Zu seinen Füßen saß Lilli, und kaum zwei Meter neben der Liege, hinter einem mannshohen Kaktus, so einem mit abstehenden

Ohren, kauerte Armin. Sehr aufregend war der Anblick nicht! Vor allem, weil keine Bewegung in die Szene kam. Marcel lag, Lilli saß, Armin kauerte, ich observierte. Ich wollte schon umkehren, doch da tat sich endlich was. Nur akustisch allerdings.

»Wir könnten ein bisschen schwimmen«, sagte Lilli.

»Mit vollem Magen schwimmen wäre mein sicherer Tod«, sagte Marcel.

»Oder wir könnten zum Strand runtergehen«, lockte Lilli.

»Ich liege hier aber ausgezeichnet«, sagte Marcel. Es klang weder freundlich noch unfreundlich, bloß simpel feststellend.

»Ich würde aber gern was unternehmen«, sagte Lilli, nun schon ein Häuchlein ungeduldig. Und nach einer kurzen Pause: »In den Ort gehen und ein Eis essen wäre auch nicht schlecht.«

Nach einer längeren Pause sagte Marcel gähnend: »Frag doch Marlen, vielleicht hat sie Lust auf einen Marsch in das Kaff rein.«

»Ich will aber mit dir etwas unternehmen«, raunzte Lilli.

»Warum?«, fragte Marcel.

Ich hätte Lillis Antwort gern gehört, aber da kam vom Kaktus her ein Schrei, und dann jappelte Armin schaurig stöhnend sowie herzergreifend wimmernd die Böschung zur Terrasse rauf, wobei er etliche Male in die Knie ging. Weil uns der Latzhosenmann vor Schlangen unter den Steinen gewarnt hatte, befürchtete ich, dass Armin von einer Viper oder Otter gebissen worden war! Also rannte ich zum Haus rauf.

Die Terrasse war leer. Alle waren im Wohnzimmer, rund um das Sofa versammelt. Auf dem Sofa lag bäuchlings Armin mit nacktem Hintern. Neben seinem Hinterteil hockte Angie, starrte auf selbiges und murmelte unentwegt: »O-Gott-o-Gott-o-Gott!«

Lillis Mama stellte, den Armin-Po bekümmert betrachtend, fest: »Das geht wohl am besten mit dieser Fischgrätenpinzette, die in der Küche in der Besteckschublade liegt!«

Worauf meine Mama in die Küche lief und sich Mama Tanneberg über das Hinterteil vom Armin beugte und zu zählen anfing. Sie war, glaube ich, bei »fünfunddreißig«, als meine Mama mit der Fischgrätenpinzette kam und sie Angie geben wollte. Doch Angie wollte sie nicht nehmen.

»Mir wird immer übel, wenn ich jemandem wehtun muss, den ich liebe«, jammerte sie.

»Mach Platz«, sagte meine Mama.

Angie stand auf und flüchtete sich Trost suchend an die Brust meines Papas. Meine Mama warf ihr einen unwilligen Blick zu, setzte sich aufs Sofa und machte sich daran, mit der Pinzette Kakteenstacheln zu zupfen. Mama Tanneberg assistierte, indem sie ein Tellerchen in Bereitschaft hielt, auf das meine Mama die entfernten Stacheln fallen ließ. Fünfundfünfzig Stück waren es, wie sie nach Abschluss der Behandlung begeistert feststellte. Und ihr Herr Gemahl war über das »sensible Händchen« meiner Mama begeistert, weil beim Zupfen kein einziger Stachel abgebrochen war.

Klarerweise fragten alle Armin, wie ihm dieses »Unglück« habe passieren können. Er sagte es ihnen nicht.

Mir erzählte er es später dann, als sein Po desinfiziert und mit Salbe versorgt war und sich die Oldies wieder auf die Terrasse begeben hatten. Dass er Lilli und Marcel belauscht hatte, gestand er. Und dass ihm vom Hocken hinter dem Kaktus die Knie wehgetan hatten, und da hatte er sich hingesetzt. Leider auf zwei abgefallene Ohren vom Kaktus!

Er flehte mich an, niemandem von seiner Lauscherei zu berichten, was ich ihm versprach. Ihm zu sagen, dass ich ihn beim Lauschen beobachtet hatte, fand ich unpassend. Scheinheilig fragte ich ihn: »Hast du etwas erlauscht, das den lädierten Hintern wert ist?«

»Dass er mit ihr nicht schwimmen, nicht Eis essen und nicht zum Strand runtergehen will, habe ich gehört«, jammerte Armin, bäuchlings auf dem Sofa liegend. »Wieso fragt sie mich nicht, ob ich mit ihr schwimmen und Eis essen und zum Strand runter will? Ich würde so gern, und er will nicht! Aber ihn fragt sie und mich nicht. Das ist ungerecht!«

Dann bat er mich, ihm vom Sofa aufzuhelfen. Er wollte in sein Zimmer. Lilli, erklärte er mir, dürfe ihn so nicht sehen. Und dieser Marcel schon gar nicht! Ich schaffte es aber nicht, ihn von der waagrechten in die senkrechte Position zu bekommen. Wo ich ihn auch anpackte, er fing gottserbärmlich zu stöhnen und zu wimmern an, aber er rührte sich kein bisschen vom Fleck.

»Dann musst du hier übernachten«, sagte ich zu ihm. »Soll ich dir eine Decke aus eurem Zimmer holen?«

»Nein«, jammerte Armin. »Aufs Klo muss ich nämlich auch! Ich kann es schon fast gar nicht mehr zurückhalten.«

Die Horrorvision von einem voll gepinkelten Sofa ließ mich »Papa, Papa, komm schnell« brüllen. Ich wollte, dass er mir hilft, Armin vom Sofa zu hieven.

In null Komma pepi war aber nicht nur mein Papa bei mir, sondern die gesamte Urlaubsmannschaft, inklusive Lilli und Marcel, die ihre Poolsitzung beendet hatten. Als Armin Lilli ins Wohnzimmer kommen sah, brauchte er keine Hilfe zum Aufstehen mehr! Er erhob sich ohne den klitzekleinsten Schmerzenslaut und wankte hinkend, mit verzerrtem Gesicht, dem WC zu.

Es dauerte fast eine Woche, bis Armin, zuerst auf dem Aufblaseherz, das er Lilli hatte schenken wollen, wieder sitzen konnte. Darüber, ob der Zustand seines Pos das Schwimmen im Meer gestattet, waren sich die Oldies in diesen Tagen uneinig. Angie und Barbara waren dagegen, die beiden Papas behaupteten, Salzwasser beschleunige sogar den Heilungsprozess. Meine Mama löste den Konflikt, indem sie aus der Apotheke einen wasserfesten Sprayverband brachte. Mit dem sprühte Angie Armins Hinterteil dann jedes Mal ein, bevor er sich ins Wasser begab. Und wenn er aus dem Wasser rauskam, riss er sich durchsichtige Fetzen vom Po, was fast so aussah, als häute er sich. Die Nachhilfe wollte ich eigentlich, solange Armin nicht sitzen konnte, ausfallen lassen. Einen derart lädierten Knaben mit Gleichungen und Brüchen zu traktieren, fand ich ungehörig. Aber Armin bestand auf der Nachhilfe und absolvierte sie auf dem Bauch liegend.

11. Kapitel

in welchem der Urlaub zu Ende geht, es zwischen meinen Eltern kriselt, sich Lilli die Wirklichkeit zurechtbiegt und Armin ins Meer pustet.

In unserer dritten Urlaubswoche musste Lilli nicht mehr zweimal täglich zum Hotelstrand wandern, denn Marcel besuchte uns nun jeden Vormittag und jeden Nachmittag auf dem Strand unter unserem Haus. Warum er das tat, erklärte er Lilli und mir am ersten Besuchstag.

»Meine Alten werden voll lästig«, seufzte er. »Sie meinen, ich muss für die Nachprüfungen zu lernen anfangen. Aber ich denke doch gar nicht daran!«

»Willst du die Klasse lieber wiederholen?«, fragte ich. Weil ich mir dachte: Dann kriegt er im nächsten Jahr eine andere Mathe-Chemie-Lehrerin, eine, die keinen Hass auf ihn hat.

»Ist mir völlig schnuppe«, antwortete er. »Ich warte bloß, dass die Zeit vergeht und ich fünfzehn Jahre alt werde, dauert ja eh nur noch ein paar Monate.«

»Was ist, wenn du fünfzehn bist?«, fragte Lilli verwundert.

Marcel sagte grinsend: »Na was schon? Die Schulpflicht hört mit fünfzehn Jahren auf.«

Ich kam mir zwar ein bisschen sehr wie eine alte Oberlehrerin vor, aber ich fragte trotzdem: »Und was willst du später einmal werden, wenn du keinen Schulabschluss hast? Den braucht man doch für jeden Beruf!«

Aber Marcel belehrte mich, dass man zum Beispiel als Model keinen Schulabschluss braucht und dass bei ihm schon zwei Agenturen angefragt haben, aber lang rumstehen und sich fotografieren lassen, das interessiert ihn nicht. Außerdem, erklärte er uns, braucht er sowieso keinen Beruf, denn seine Mutter hat zehn Eigentumswohnungen, die alle vermietet sind. Die wird er einmal erben, und von dem, was da monatlich reinkommt, kann er später tadellos leben, da hat er bloß jeden Monatsanfang die Arbeit, nachzuschauen, ob alle Mieten auf sein Konto gekommen sind.

Mir war nicht klar, ob Marcel das ernst meinte oder Spaß machte. So erkundigte ich mich, als er zu Mittag ins Hotel gegangen war, bei meinem Papa, ob die Frau Tanneberg tatsächlich zehn Eigentumswohnungen besitzt, für die sie Miete kassiert. Hätte ja sein können, dass Marcel die Wohnungen bloß erfunden hat, und dann wäre klar gewesen, dass er es nicht ernst meint mit seiner arbeitslosen Zukunft.

Mein Papa sagte, dass er nicht weiß, ob es zehn Wohnungen sind, aber es sind eine Menge, und außer den Wohnungen hat die Dame Tanneberg auch Aktien und Anleihen. Jedenfalls verdient sie ohne zu arbeiten jeden Monat mehr als ihr schwer schuftender Kurtl in einem ganzen Jahr!

Ich fragte meinen Papa: »Wie findest du es, dass Marcel später mal überhaupt keinen Beruf haben will, weil er sowieso vom Geld leben kann, das er von seiner Mutter einmal erben wird?«

Mein Papa lachte und sagte: »Seine Frau Mutter ist bei bester Gesundheit. Es wird voraussichtlich ein halbes Jahrhundert dauern, bis er ans fette Erbe rankommt. Ich weiß nicht, ob es besonders lustig ist, bis ins Rentenalter vom mütterlichen Taschengeld zu leben!«

Ich nahm mir vor, Marcel am Nachmittag dieses Argument vorzutragen. Aber er erschien nach der Siesta nicht bei uns am Strand. Lilli wartete, in einer alten BRIGITTE lesend und alle paar Minuten auf ihre Uhr linsend, bis gegen fünf Uhr, dann erhob sie sich, reckte und streckte sich und wickelte sich taillenabwärts in meinen Pareo. »Ich bin komplett eingerostet«, sagte sie zu mir, »ich brauche dringend etwas Bewegung! Kommst du mit?«

»Wohin?«, fragte ich.

Lilli machte eine vage Handbewegung quer durch die Gegend. So, als habe sie kein spezielles Ziel. Das nahm ich ihr natürlich nicht ab! War ja klar, dass sie zum Hotelstrand rübergehen wollte, um nach dem Marcel zu fahnden.

»Ich roste lieber vor mich hin«, sagte ich, drehte mich vom Bauch auf den Rücken und blinzelte zu ihr rauf.

»Komm, sei nicht fad!« Lilli stupste mich mit einem großen Zeh in die Rippen.

»Hab echt keine Lust«, murmelte ich, angelte mir den großen Strohhut meiner Mama und legte ihn aufs Gesicht. Das sollte heißen: Rollbalken unten, weitere Anfragen sinnlos!

»Aber ich gehe gern mit dir!«, rief Armin, der neben

mir im Sand auf seinem Aufblaseherz hockte und ein Kreuzworträtsel löste.

»Dich kann ich nicht brauchen«, sagte Lilli in aller Seelenruhe und marschierte ab.

»Warum ist sie immer so gemein zu mir?«, quengelte Armin hinter ihr her.

Ich zog den Strohhut vom Gesicht und setzte mich auf. Ich hatte wirklich die Absicht, ihn zu trösten. Tat ich schließlich immer, wenn ihn Lilli gekränkt hatte! Doch diesmal schaffte ich es nicht. Ich wurde nämlich zornig. Wahrscheinlich, weil Armin gar so blödsinnig lächerlich aussah! Thronte auf dem poposchützenden Aufblaseherz wie ein Reservebuddha, und ein paar Tränen tropften auf die obere seiner zwei Bauchwürste. Er soll sich, verdammt noch mal, dachte ich, nicht immer so lächerlich machen!

Also fauchte ich ihn an: »Dein blöder Liebeskummer geht mir langsam auf die Nerven! Wie komme ich dazu, mir das dauernd anzusehen und anzuhören?« Ich deutete aufs Meer raus: »Geh ins Wasser heulen.«

Er stand tatsächlich auf und watete durch den Sand dem Wasser zu! Worauf Angie, die ein paar Meter von uns entfernt lagerte, rief: »Armin, so warte doch! Wir müssen den Po sprühen!«

Armin wartete nicht. Bevor Angie die Spraydose aus der Badetasche gekramt hatte, kraulte er schon dem Horizont zu, und zwar in einem Irrsinnstempo.

Über eine Stunde blieb er im Wasser. Als er dann rauskam und wieder auf dem Aufblaseherz Platz nahm, schaute er nicht mehr todunglücklich drein. Seiner

Mama, die angewieselt kam und nachsehen wollte, ob seine ungesprayten Stachelwunden im Wasser Schaden genommen hatten, knurrte er ein »Hau ab!« entgegen. Was Angie so verblüffte, dass sie wortlos kehrtmachte.

Ich sagte zu Armin: »Tut mir Leid, dass ich dich vorhin so angefaucht habe.«

»Das muss dir nicht Leid tun«, antwortete er, ohne Jammerton in der Stimme. »Hast ja völlig Recht gehabt. Wie kommst du dazu, dich dauernd mit meinen Problemen abzugeben? Du tust sowieso schon genug für mich.« Er rubbelte sich die Haare mit einem Handtuch trocken. »Aber jetzt ist ohnehin Schluss damit, ich hab mir die Lilli weggeschwommen.«

»Weggeschwommen?«, fragte ich verblüfft.

Armin legte sich das Handtuch über die Schultern und erklärte mir, dass er beim Kraulen, jedes Mal wenn er ausgeatmet hat, ein kleines Stück von seiner Liebe zu Lilli ins Meer reingepustet hat, und da er über eine Stunde geschwommen ist, befindet sich nun der größte Teil seiner Liebe zu Lilli nicht mehr in ihm drin, sondern im Meer draußen. Wenn es dringend nötig ist, einen Kummer loszuwerden, sagte er, macht er das immer so! Auch als sich sein Papa von seiner Mama und ihm getrennt hat, ist er schwimmen gegangen und hat seine Traurigkeit ins Bassin vom Stadthallenbad versenkt!

Er sagte das so bestimmt, dass ich nicht zu widersprechen wagte. Ich fragte bloß: »Warum hast du das mit deinem Lillikummer nicht schon längst getan, wenn es so leicht geht?«

Armin blickte versonnen aufs Meer raus und antwortete: »Wahrscheinlich, weil ich gern traurig bin. Sagt jedenfalls meine Mama. Aber wenn es dich so wütend macht, höre ich damit auf, weil du bist mir nämlich wichtiger.«

Lilli kam kurz vor dem Abendessen zurück. Sie wirkte ein Häuchlein frustriert, was ich daran merkte, dass sie an der ausgezeichneten Lasagne und dem köstlichen Salat herummäkelte. Wovon sie gefrustet war, erfuhr ich erst, als wir nebeneinander im Doppelbett lagen.

Empört erzählte Lilli: »Ich komme rüber zum Hotelstrand, und die alten Tannebergs sagen mir, dass Marcel oben an der Bar sitzt. Also gehe ich rauf zur Bar, und da sitzt er und säuft Cola! Mit einer Tussi, die garantiert schon siebzehn ist. Wie kann er mit so einer alten Kuh turteln?«

»Mit siebzehn ist man keine alte Kuh«, sagte ich gähnend.

»Vielleicht war sie ja auch schon achtzehn! Oder sogar neunzehn!«, behauptete Lilli. »Jedenfalls viel zu alt für ihn!«

Ich tat, als ob ich schon schlafe. Mit Lilli darüber zu diskutieren, ob der Marcel bloß mit einer fast Dreizehnjährigen turteln darf, fand ich unsinnig. Aber Lilli stupste mich in die Rippen, raunzte »Schlaf nicht ein!« und quatschte weiter. Dass sie sich klarerweise zu den beiden an die Bar gesetzt hat, erzählte sie mir. Und dass das der blöden Tussi gar nicht gefallen hat. Aber sie hat sich nicht abwimmeln lassen, sie ist eisern geblieben!

Und da hat die alte Pissnelke endlich aufgegeben und ist vergrämt auf den Strand hinuntergestöckelt.

»Mit dir«, sagte Lilli großzügig, »wäre ich natürlich nicht in Konkurrenz getreten. Du hast ihn schließlich schon vor mir gekannt. Aber du hast ihn mir ja abgetreten, und jetzt wird ihn mir nicht so eine blöde Tussi wegschnappen!«

»Sag mal«, fragte ich vorsichtig, »heißt das jetzt, dass du mit Marcel zusammen bist?«

»So gut wie!«, sagte Lilli. »Von meiner Seite aus jedenfalls. Er hat sich noch nicht eindeutig geäußert, aber von einem Typ wie ihm ist keine tolle Liebeserklärung zu erwarten.«

Lilli war längst eingeschlafen, da lag ich noch immer wach. Aber ich dachte nicht über Lillis Beziehung zu Marcel nach, ich überlegte, ob es echt möglich ist, dass jemand seine Liebe ins Meer pustet und dadurch loswird. Ich entschied mich für »unmöglich«. Für »möglich« hielt ich bloß, dass es der Armin wirklich glaubt. Bevor ich dann endlich einschlief, dachte ich mir noch: Wird sich ja bald herausstellen, ob die Pusterei gewirkt hat!

Am nächsten Morgen, als ich mit Lilli auf die Terrasse kam, um zu frühstücken, saßen dort nur unsere sämtlichen Oldies. Ich fragte Angie, ob Armin noch schlafe.

»Aber nein«, sagte Angie. »Er ist schon vor einer Stunde zum Meer runter. Schwimmen! Keine Ahnung, warum er es heute so eilig hatte, ins Wasser zu kommen.«

Mein Papa sagte zu Angie: »Ich habe ihn gestern am Nachmittag beobachtet, er pflügt ja wie irre durchs Wasser. Und so was von ausdauernd! Trainiert er auf was?« Angie zuckte mit den Schultern und sagte, sie kann sich nicht vorstellen, dass er trainiert, denn bisher hat er sich strikt geweigert, einem Schwimmclub beizutreten, obwohl ihm schon viele Leute, darunter sogar zwei Trainer, gesagt haben, dass er ein großes Schwimmtalent ist und es zum Jugendmeister bringen könnte. Sie sagte auch, dass es gut für Armin wäre, wenn er wenigstens im Sport Erfolg hätte, das würde ihm ein »Selbstwertgefühl« vermitteln, und ein solches hätte er dringend nötig.

Lillis Papa widersprach ihr. »So ein Quatsch«, rief er. »Soll der arme Kerl vielleicht täglich vier Stunden trainieren, damit er irgendwelche saublöden Längen in einer Zehntelsekunde schneller hinter sich bringt als irgendein anderer Schwimmwappler? Wenn er die Nachprüfung in Mathe schafft, hilft das seinem Selbstwertgefühl weit eher auf die Sprünge!« Martin ist nämlich ein Sporthasser. Er lässt keine Gelegenheit aus, über Sport, egal welche Sorte, zu schimpfen.

Angie fragte meine Mama: »Bist du auch der Meinung, dass Sport das Selbstwertgefühl nicht heben kann?« Seit sie wusste, dass meine Mama studierte Psychologin ist, holte sie dauernd Mamas Expertenmeinung zu »psychologischen Fragen« ein.

»Keine Ahnung!«, sagte meine Mama unwillig. »Ich habe schließlich den Beruf gewechselt, weil mir die menschliche Seele ein Rätsel ist.«

Dann stand sie auf und fing an, den Frühstückstisch abzuräumen, weil die dreckigen Teller etliche Wespen angelockt hatten. Lilli und ich halfen ihr dabei, und Lilli fragte meine Mama auf dem Weg zur Küche: »Ist dir die menschliche Seele wirklich ein Rätsel?«

»Mancher Menschen Seele auf jeden Fall«, sagte meine Mama giftig und knallte einen Stapel Teller so heftig auf den Küchentisch, dass etliche Messer und Löffel, die auf dem obersten Teller gelegen waren, hochsprangen und mit viel Geschepper zu Boden fielen.

»Entschuldigung«, murmelte meine Mama, sammelte die Messer und die Löffel vom Boden auf und marschierte aus der Küche in ihr Zimmer.

»Welche Laus ist der denn schon am frühen Morgen über die Leber gelaufen?«, staunte ich hinter ihr her.

»Sie ist eifersüchtig«, sagte Lilli.

»Auf wen?«, fragte ich, total verblüfft.

»Na, auf wen schon?« Lilli lachte. »Auf unser meiersches Busenwunder natürlich!«

»Wie kommst du denn auf diese Idee?«, fragte ich.

»Meine Mama hat gestern mit meinem Papa drüber geredet«, antwortete Lilli. »Sie hat auch was von einem Tropfen, der das Fass zum Überlaufen gebracht hat, gesagt, aber dann hat sie zu reden aufgehört, weil sie gemerkt hat, dass ich zuhöre.«

Ich stellte die Teller, die Lilli mit einem Stück von der Küchenrolle vorgesäubert hatte, in den Geschirrspüler und ging dann mit einem Tablett auf die Terrasse raus, um den Rest vom Frühstücksporzellan zu holen. Auf der Terrasse saß nur noch mein Papa.

»Sie sind alle am Strand unten«, sagte er. »Halten Ausschau nach dem Armin. Weil sich Angie langsam Sorgen macht. Irgendwie nicht unbegründet. Jetzt ist er schon fast zwei Stunden im Wasser!«

»Ich glaube, er pustet grad den Rest seiner Liebe zu Lilli ins Meer«, sagte ich. »Er hat das gestern schon getan und gedacht, dass er sich frei gepustet hat, aber es hat wohl nicht gereicht.«

Mein Papa nahm es hin, als hätte ich gesagt, dass zwei und zwei vier ist. Und weil ich schon beim Thema Liebe war, fragte ich: »Stimmt es, dass du auf Angie stehst und die Mama deswegen eifersüchtig ist?«

Das nahm er nicht mehr hin, als hätte ich gesagt, dass zwei und zwei vier ist. Er bekam ein wütendes Funkeln in die Augen und rief: »Woher hast du denn diesen Unfug?«

Wahrheitsgemäß sagte ich: »Von Lilli, und die hat es von ihrer Mama. Angeblich hast du mit irgendeinem Tropfen ein Fass zum Überlaufen gebracht.«

»So was von saublöden Weibern!«, schnaubte mein Papa. »Ich hab Angie nicht eingeladen, ich war sogar als Einziger dagegen, dass sie und ihr dicker Knabe mitkommen. Aber wenn sie nun da ist, darf ich mich wohl an ihrem Anblick erfreuen und mit ihr reden! Außer ihr gibt es ja hier niemanden, der meine Interessen teilt.«

»Ja-ja-so-wie-so«, stammelte ich verwirrt, weil ich einen derart zornfunkelnden, wutschnaubenden Papa noch nie erlebt hatte.

»Was den Tropfen und das Fass betrifft«, schnaubte er weiter drauflos, »geht es schlicht und einfach darum, dass ich mir gestattet habe, Angie für die Rückfahrt auf der Fähre eine Kabine mit Fenster zu buchen, damit sie nicht noch einmal diese Panik aushalten muss!«

»Ach so«, sagte ich etwas erleichtert. »Dann ist die Mama gar nicht eifersüchtig, sondern ärgert sich bloß wegen dem Geld.«

»Was weiß denn ich!« Mein Papa hörte zu schnauben auf und redete normal weiter: »Deine Mama geht mir mit ihrer lachhaften Spargesinnung langsam auf den Keks! Redet dauernd vom Sparen und gibt das Geld mit beiden Händen aus! Da soll einer schlau draus werden, wann gespart werden muss und wann nicht! Anscheinend nur, wenn ich etwas bezahle, das mehr als einen Euro kostet.«

Wenn meine Eltern streiten, ergreife ich normalerweise nie die Partei von einem der beiden, denn das bringt nichts als hinterher Ärger. Aber jetzt konnte ich nicht anders als verständnisvoll nicken. Denn meine Mama und das Sparen sind auch mir ein Buch mit mehr als sieben Siegeln. Einmal jammert sie, wenn ich bloß ein neues T-Shirt will, dass sie nie zu ihrem Bauernhaus kommen wird, wenn sie so viel Geld rausrücken muss, und ein anderes Mal geht sie mit mir durch die City und fragt mich bei jeder Boutique, ob wir reinschauen und für mich etwas kaufen sollen. Sie fährt mit dem Auto zu IKEA raus, um sechs billige Wassergläser zu kaufen, und kehrt in die Stadt zurück und bestellt im teuersten Designerladen ein Sofa, von dem sie nicht einmal weiß, wohin sie es stellen soll. Manchmal schwindelt sie sogar. Kauft eine Handtasche und sagt, die hat bloß siebzig Euro gekostet. Und dann sehe ich in einem Schaufenster exakt so ein Taschenexemplar und es kostet fast zehnmal so viel!

Ich hätte das gern mit meinem Papa besprochen, aber er stand auf, blickte den Weg zum Strand hinunter und rief: »Na, da kommen sie ja endlich mit unserem Superschwimmer!«

Armin war in ein Badetuch gewickelt, seine Lippen waren blau, sein Unterkiefer war außer Kontrolle geraten und schnackelte. Er setzte sich zwischen meinen Papa und mich, Angie lief ins Haus, um eine Decke zu holen, Barbara ging in die Küche, um Tee zu kochen. Martin sagte vorwurfsvoll: »Deine Mama hat schon geglaubt, du bist Haifischfutter geworden.«

»Na?«, fragte ich den Armin. »Alles im grünen Bereich?«

Armin nickte, wobei sein Unterkiefer weiter wie verrückt drauflosschnackelte.

Kurz darauf war der Armin bis zum Hals in eine Steppdecke gewickelt, und Angie fütterte ihn mit Butterbrothappen und Teeschlucken und jammerte, dass sich Armin den Tod hätte holen können und dass sie nicht versteht, warum er so einen Wahnsinn macht.

Lilli kam auf die Terrasse raus, besah sich den eingewickelten Armin und fragte mich flüsternd: »Ist die fette Raupe dabei, sich zu verpuppen?«

Ich gab ihr keine Antwort.

12. Kapitel

in welchem wir Sardinien verlassen, sich Lilli weiterhin als Marcels Freundin sieht und meine Mama eine folgenschwere »Eingebung« hat.

Streit zwischen meiner Mama und meinem Papa kenne ich, seit ich auf der Welt bin. Meine Mama findet nämlich, dass Kinder einen Ehekrach mitkriegen dürfen, wenn er nicht bösartig ist und sich die Eltern hinterher wieder vertragen. Da lernen sie, behauptet meine Mama, »Streitkultur«. Ich hatte die Streitereien meiner Eltern auch noch nie als bedrohlich empfunden. Aber diesmal war das anders und weit entfernt von »Streitkultur«. Wahrscheinlich, weil die zwei nicht wie sonst losschimpften, da sie sich vor Angie und Lillis Eltern beherrschten. Sie mussten also mit bitterbösen Blicken und spitzen Bemerkungen, von denen sie üppig Gebrauch machten, auskommen. Das verunsicherte nicht nur mich, das irritierte auch alle anderen. Wobei die drei Leitermeiers wenigstens wussten, worum es ging, während Angie und Armin keinen Schimmer hatten, was los war.

Armin war so verstört deswegen, dass er sich nicht einmal aufs Rechnen konzentrieren konnte. Zwischen zwei Schlussrechnungen fragte er mich am vorletzten Urlaubstag besorgt: »Glaubst du, dass sich deine Eltern scheiden lassen werden?«

»Bevor ich volljährig bin, haben sie das gefälligst zu unterlassen«, antwortete ich. »Nachher können sie das machen, wenn ihnen danach ist.«

»Deine Eltern scheren sich doch nicht um das, was du willst«, sagte er.

»Natürlich tun sie das«, versicherte ich ihm. »Schließlich haben sie wegen mir geheiratet, also müssen sie wohl oder übel auch wegen mir zusammenbleiben.«

Armin malte einen komischen Kringel mit Spiralenschwänzchen auf seinen Rechenblock und sagte: »Meine Eltern haben sich nicht darum geschert, was ich will.« Er zuckte mit den Schultern. »Aber eigentlich habe ich sowieso nicht gewusst, was ich will. Weil einen Vater behalten, der meine Mama haut, geht ja auch nicht.«

Dass es Männer gibt, die Frauen schlagen, wusste ich natürlich. Zum Beispiel der Hodina, der Hausmeister, den wir früher hatten. Wenn der in der Nacht betrunken heimgekommen ist, hat er mit seiner Frau Streit angefangen und sie verprügelt. Im ganzen Haus hat man gehört, wie sie kreischt, und mein Papa und unser Nachbar sind runter zur Hausmeisterwohnung und haben an die Tür gepumpert und gedroht, die Polizei anzurufen, wenn er nicht sofort aufhört, seine Frau zu prügeln. Einmal hat er sie dann so brutal geschlagen, dass ihn die Polizei verhaftet hat und die Frau Hodina von der Rettung ins Krankenhaus gebracht worden ist. Doch kaum war sie aus dem Krankenhaus draußen, war auch er wieder daheim, und alles war wie vorher. Da haben die Mieter von der Hausverwaltung verlangt, dass den Hodinas gekündigt wird. Und zwei Jahre nachdem sie weggezogen sind, ist in der Zeitung gestanden, dass ein Roland Hodina seine Frau in einem Streit erschossen hat. Welchen Vornamen unser Hodina hatte, ist niemandem mehr im Haus eingefallen, doch alle waren sicher, dass es sich bei dem Mörder um unseren früheren Hausmeister handeln muss! Aber ich hatte immer gedacht, dass das nur in Familien vorkommt, wo sowieso schon alles drunter und drüber geht, wo man von der Sozialhilfe lebt, viel zu viel getrunken wird und zweimal die Woche eine Sozialarbeiterin vorbeischaut. Dass auch jemand, den ich gut kenne, so einen Vater haben könnte, hatte ich nicht geglaubt.

Weil unser früherer Hausmeister nicht nur seine Frau geprügelt hat, sondern auch seine Töchter, und das nicht bloß, wenn er betrunken war, fragte ich: »Hat dich dein Vater auch geschlagen?«

Zögernd antwortete Armin: »Aber wirklich nur, wenn ich nicht brav war.« Es klang so, als ob er es für völlig normal hält, dass man Kinder schlägt, wenn sie nicht brav sind.

Daher rief ich empört: »Na, hör einmal! Eltern dürfen ihre Kinder überhaupt nicht schlagen, egal ob sie brav sind oder nicht!«

»Meistens hat er mir eh nicht wehgetan«, sagte Armin und malte dem Kringel ein zweites Spiralschwänzchen. »Und oft war er auch sehr lieb zu mir.«

»Jetzt verteidige den grauslichen Kerl nicht auch noch!«, rief ich. »Sei froh, dass du und deine Mama ihn los seid.«

»Bin ich eh«, murmelte der Armin.

Sehr überzeugend klang es nicht, aber ich beschloss, den Mund zu halten, denn ich dachte mir: Wem es vatermäßig so gut geht wie mir, der hat kein Recht, einem wie Armin zu erklären, was er von seinem Vater zu halten hat! So fragte ich bloß: »Willst du weitermachen, oder hast du für heute genug?«

Armin wollte weitermachen. Aber anscheinend war er mit seinen Gedanken überhaupt nicht bei der Sache, denn er machte, was schon lange nicht mehr vorgekommen war, Fehler über Fehler. Das wiederum machte mich nervös, und wenn ich nervös bin, habe ich gern etwas in den Händen, um damit rumzuspielen. Also griff ich nach der Fliegenklatsche, die auf dem Tisch lag, und weil gerade eine Schmeißfliege über uns ihre Kreise zog, hob ich die Klatsche. Ich wollte warten, bis mir das Fliegenvieh vor die Nase kommt. Doch da ließ Armin den Kugelschreiber fallen, duckte sich, hielt die Arme schützend über den Kopf und sagte erschrocken: »Nicht!«

»Was, nicht?«, fragte ich. Dabei hätte mir klar sein müssen, dass er Angst hatte, mit der Fliegenklatsche geschlagen zu werden. Aber dieser Wahnsinn wollte einfach nicht in mein Hirn rein!

Armin nahm die Arme vom Kopf, richtete sich wieder auf und versuchte die nächste Schlussrechnung zu lösen. Ich zog ihm den Block weg und fragte: »Hast du geglaubt, dass ich dir die Fliegenklatsche auf den Schädel dreschen will?«

Er nickte zuerst, dann schüttelte er den Kopf.

»Also wie jetzt?«, fragte ich.

»Als mein Papa noch bei uns gelebt hat«, sagte Armin,

»hat er oft mit mir die Rechenaufgaben gemacht, und wenn ich etwas falsch gemacht habe, hat er mir auf den Kopf gedroschen. Damit mein Hirn in Schwung kommt, hat er gesagt. Und wahrscheinlich, weil wir gerade von ihm geredet haben und ich mich daran erinnert habe und du die Fliegenklatsche genommen hast, da hab ich gedacht ...« Er zuckte hilflos mit den Schultern und schwieg.

Wenn einem jemand sehr Leid tut, heißt das leider noch lange nicht, dass man nichts Falsches zu ihm sagt. Ich jedenfalls haute schwer daneben, denn ich sagte: »Wieso hat das deine Mutter denn zugelassen? Jede Mutter muss ihr Kind schützen, die darf doch nicht tatenlos zuschauen, wenn ihrem Kind etwas Böses angetan wird!«

»Lass meine Mama in Ruhe!«, rief Armin. »Die kann nichts dafür, dass ich zum Rechnen zu blöd bin!«

Ich schrie ihn an: »Erstens bist du zum Rechnen nicht zu blöd, und zweitens müssen auch die Blöden geschützt werden!«

Weiter kam ich mit meinen neunmalklugen Erklärungen nicht, denn Armin stand auf, grapschte sich seinen Rechenblock und sagte: »Red nicht von Sachen, die du nicht verstehst.«

Dann ging er zum Pool runter. Ich wollte hinter ihm her, um ihm zu sagen, dass ich ihn nicht hatte kränken wollen, doch da kam meine Mama auf die Terrasse raus. Sie sagte, dass sie im Wohnzimmer mitgehört hat, was ich und Armin geredet haben. Und dass es nichts bringt, Armin zu sagen, dass sein Vater ein Schuft ist und seine Mutter ihn hätte schützen müssen.

»Aber so ist es doch!«, rief ich.

»Darauf kommt es nicht an«, sagte meine Mama. »Was hat er davon, wenn du ihm verklickerst, dass ihn sein Vater nicht so liebt, wie Väter Kinder lieben sollten?« Sie beantwortete sich ihre Frage selbst. »Nichts hat er davon! Geprügelte Kinder reden sich meistens ein, dass ihre Eltern lieb wären, wenn sie ein bisschen braver oder ein bisschen klüger oder ein bisschen sonst was wären.«

»Kann schon sein!«, rief ich. »Aber du würdest es nicht zulassen, dass mich jemand schlägt! Angie hat es zugelassen, und das ist hundsgemein von ihr!«

Meine Mama sagte: »Lernt man nicht, sich zu wehren, kann man es nicht. So wie es Armin nicht gelernt hat, hat es Angie wahrscheinlich auch nicht gelernt. Frauen, die sich von Männern prügeln lassen, sind als Kinder von ihren Vätern geprügelt worden, sie wechseln von einem Schläger zum anderen und sind als Erwachsene so hilflos wie als Kinder.«

»Warum verteidigst du sie eigentlich?«, schnaubte ich. »Du magst sie doch nicht! Nur wegen ihr bist du mit dem Papa über Kreuz!«

»Das schließt ein gewisses Quantum an Objektivität nicht aus«, sagte meine Mama und ging wieder ins Haus. Ich überlegte mir, ob ich runter zum Pool zu Armin gehen sollte. Bevor ich fertig mit dem Überlegen war, kam er zur Terrasse rauf, hielt mir den Rechenblock vor die Nase, deutete auf eine voll geschriebene Seite und sagte: »Ich glaube, ich habe die Lösung!«

Die Mühe, lang nachzurechnen, machte ich mir nicht. Ich tat nur so, starrte ein paar Sekunden auf das voll gekritzelte Blatt und sagte dann: »Super gemacht! Und jetzt lade ich dich auf ein Eis in der Cafeteria ein. Sozusagen als Abschiedsessen von Sardinien.«

Am letzten Sardinientag bin ich immer ein wenig depressiv. Weil ich nicht wegwill. Und unseren Kram einpacken und im Auto verstauen ist ja auch nicht gerade lustig. Diesmal war es noch frustiger als sonst, weil meine Mama und mein Papa keine Zeit zum Packen hatten und von mir verlangten, dass ich das allein erledige. Mein Papa hatte keine Zeit, weil er am Vormittag die Tannebergs in unserem Auto zum Flughafen brachte. Das sei, sagte er, Freundespflicht. Dabei wollte er sich bloß vor dem Einpacken drücken! Lilli fuhr zum Flughafen mit. Angeblich, damit mein Papa auf der Rückfahrt nicht »so allein« ist. Und meine Mama hatte keine Zeit zum Packen, weil sie dauernd mit dem Max telefonierte. Der Max arbeitet mit meiner Mama in der Werbeagentur zusammen, und dort war plötzlich die Kacke am Dampfen! Um den einzigen großen Auftrag, den die Agentur im Moment hatte, ging es. Um eine große Werbekampagne für die Deli-Supermarktkette. Der Ober-Über-Boss der Kette hatte sich am Morgen angeschaut, was den »kreativen Agenturköpfen«, also meiner Mama und dem Max, eingefallen war, und es hatte ihm überhaupt nicht gefallen, und er hatte gedroht, sich eine andere Agentur zu nehmen.

Normalerweise bespricht meine Mama ihren Berufsärger mit meinem Papa. Aber erstens war mein Papa den ganzen Vormittag nicht da, und zweitens war sie mit ihm zerstritten, also erzählte sie mir, zwischen den Telefonaten mit Max, das ganze Schlamassel. Der Ober-Über-Boss hatte sich gewünscht, dass ein wunderschönes Mädchen für seine Supermärkte wirbt. Von Plakaten sollte das Girlie lächeln, in TV-Spots sollte es den Einkaufswagen durch Regalreihen schieben, auf dem Titelbild der Supermarktkundenzeitschrift sollte es für das Sonderangebot des Monats werben, und weiß der Kuckuck, wofür es noch herhalten sollte. Also beauftragte meine Mama eine Castingagentur so ein Mädchen zu finden. Neunhundert Mädchen zwischen zehn und vierzehn Jahren, denn diese Altersgruppe schwebte dem Ober-Über-Boss vor, meldeten sich, die Castingagentur suchte die fünf »Besten« aus, und der Ober-Über-Boss entschied sich für eine von den fünfen. So weit war die Sache gediehen, als meine Mama in Urlaub gefahren war. Dann ließ der Max drei Probefilmchen mit dem Mädchen machen und etliche Plakatentwürfe und anderen Werbekram mit dem Girl drauf. Die Präsentation der Kampagne hätte erst stattfinden sollen, wenn meine Mama aus Sardinien zurück ist. Aber der Ober-Über-Boss bekam von einem Tag auf den anderen Schmerzen im Bauch und sein Arzt stellte fest, dass er einen riesigen Gallenstein hat und dass der in der kommenden Woche rausoperiert werden muss. Und da bestand der Ober-Über-Boss darauf, dass die Präsentation gemacht wird, noch bevor er sich ins Krankenhaus legt.

»Ich hab geahnt, dass es ohne mich schief geht«, jammerte meine Mama. »Dieses Girlie war wirklich nicht das Gelbe vom Ei!«

»Dafür könnt ihr doch nichts!«, rief ich. »Der Supermarkt-Heini hat sie schließlich selber ausgesucht.«

Meine Mama seufzte tief, dann sagte sie: »Daran wird er sich garantiert nicht erinnern wollen, und es ändert ja auch nichts. Dieses Girlie ist gestorben, und mir muss etwas anderes einfallen.« Sie lachte, aber es klang nicht sehr heiter. »Ich hab ja bis übermorgen in der Früh Zeit dafür!«

Die »Hausübergabe« an den Latzhosenmann war für vierzehn Uhr festgesetzt, unsere Abfahrt nach Porto Torres für fünfzehn Uhr. Zu Mittag aßen wir Reste. Lillis Mama wollte uns alles aufdrängen, was noch im Eisschrank war. Aber damit hatte sie nicht viel Glück. Bloß Armin und Lillis Papa futterten drauflos. Meine Mama war wieder am Telefonieren und stopfte sich zwischendurch nur ein paar Weintrauben rein, Lilli und mein Papa verweigerten überhaupt die Nahrungsaufnahme, denn sie hatten in Cagliari, bevor sie zum Flughafen gefahren waren, mit den Tannebergs »eine Vormittagspizza« verdrückt. Angie erklärte, längere Autofahrten nicht mit vollem Magen antreten zu wollen, und ich fand die Eisschrankreste nicht attraktiv und begnügte mich mit Oliven und Brot. Lillis Mama quengelte herum, weil sie ihr Futter nicht loswurde, bis sich Angie anbot, den Latzhosenmann zu fragen, ob er die Reste haben will.

Wie jedes Jahr verzögerte sich unsere Abreise um ein gutes halbes Stündchen. Früher sind immer die beiden Papas daran schuld gewesen, weil sie noch rasch beim Weinhändler im Ort ein paar Flaschen Rotwein und im

Alimentari Olivenöl gekauft und dabei die Zeit vergessen hatten. Diesmal war Lilli schuld daran! Die zwei Autos standen gepackt vor dem Gartentor, der Latzhosenmann hatte sein Trinkgeld und den Eisschrankinhalt bekommen, zwei Putzfrauen richteten bereits das Haus für neue Gäste her, und plötzlich war Lilli weg. Ihr Köfferchen stand vor der Haustür, ihre Handtasche und ihre gestrickte Jacke lagen drauf, aber von Lilli keine Spur! Wir brüllten uns im Chor die Stimmen aus den Leibern. Ohne Erfolg! Lillis Papa wollte schon in den Ort hineinfahren, um dort nach Lilli zu suchen, da kam sie endlich gemächlich den Weg vom Strand zum Haus rauf.

Auf das Gekeife ihrer Mama sagte sie mit Trauerflorblick: »Ich wollte vom Sand, auf dem ich immer mit dem Marcel gesessen bin, in aller Stille Abschied nehmen.«

Mein Papa murmelte: »Rosamunde Pilcher im Miniformat!«

Meine Mama sagte leise: »Dieses Mädchen hat ja mehrere Schrauben locker!«

Lillis Mama verdrehte die Augen gen Himmel, Angie gab sich unbeeindruckt, und Lillis Papa strich seiner Tochter übers Lockenhaupt und sagte: »Nicht traurig sein, Engelchen, der Knabe ist ja nicht aus der Welt.«

Ich schaute besorgt zu Armin. Er lehnte am Kofferraum unseres Autos, verputzte einen safttropfenden Pfirsich und wirkte gottlob nicht »tief getroffen«. Und dann sagte er etwas, wofür ich ihn direkt hätte küssen mögen! Er sagte freundlich, ohne die geringste Häme: »Willst ein Plastiksackerl? In das könntest du ein bisschen was vom Sand, auf dem ihr gesessen seid, reintun und mitnehmen.«

Meine Mama und mein Papa prusteten los, Lillis Mama versuchte nicht zu lachen, was ihr nicht ganz gelang, Angie murmelte rügend »Aber Armin!« und Lillis Papa packte Lillis Köfferchen, Lillis Handtasche und Lillis Jacke, warf Armin einen indignierten Blick zu und sagte: »Engelchen, steig ein, sonst versäumen wir die Fähre!«

Lilli wollte, dass ich mich ins Leitermeier-Auto setze, aber ich lehnte ab und stieg flugs mit Armin in unser Auto. Worauf Lillis Mama vorschlug, dass Angie im Leitermeier-Auto mitfährt, damit die Personenfracht gerecht auf beide Autos verteilt ist.

Vielleicht war es das gemeinsame Losprusten über Armins Superspruch, der zum Waffenstillstand zwischen meinen Oldies geführt hat, vielleicht wollte meine Mama nebst ihrem Berufsärger nicht zusätzlich noch Privatärger haben, vielleicht war ihnen einfach die Ehekrise langweilig geworden, jedenfalls vertrugen sich meine Mama und mein Papa auf der Fahrt nach Porto Torres. Sie wechselten keine bösen Blicke, es zischten keine spitzen Bemerkungen hin und her, sie gaben ein durchaus harmonisches Ehepaar ab.

Bei der Emilio-Bar am Stadtrand von Porto Torres hielten wir an, tranken Cappuccino und warteten auf das Leitermeier-Auto, damit Angie in unser Auto überwechseln konnte, weil sie mit Armin gemeinsam auf die Fähre rauffahren wollte.

Auf dem Weg zum Hafen fuhr mein Papa. Meine

Mama hat einen Horror, Autos auf Fähren zu chauffieren. Als wir vor der Fähre aufs Rauffahren warteten, zog meine Mama das umgetauschte Kabinenticket aus der Handtasche, reichte es Angie nach hinten und sagte: »Ich geb dir das Ticket, falls wir uns im Gedränge aus den Augen verlieren.« Dann fügte sie, so als wär es nicht weiter erwähnenswert, hinzu: »Wir haben es umgetauscht. Jetzt habt ihr eine Kabine mit Fenster.«

Angie schaute erschrocken auf das Ticket. »Aber – aber – aber das ist ja schrecklich teuer, das geht doch nicht«, stotterte sie.

Da sagte meine Mama seelenruhig: »Wir haben einen tollen Last-Minute-Rabatt gekriegt, die Aufzahlung war nicht der Rede wert, der Preis, der auf dem Ticket steht, gilt nicht.«

Ich war stolz auf meine Mama! Aber so ist sie immer. Wenn sie sich zu etwas durchgerungen hat, was ihr gegen den Strich gegangen ist, zieht sie es mit Grandezza durch. Einfach zu flunkern, dass das Umtauschen preismäßig nur ein Klacks gewesen ist, damit sich Angie nicht hundertmal bedanken muss, das ist schon kubiksuper! Ich glaube, mein Papa sah das genauso, denn er nahm eine Hand vom Lenkrad und deponierte sie bis zur Auffahrt auf die Fähre auf dem linken Oberschenkel meiner Mama.

Wir hatten wieder im Restaurant der Fähre einen Tisch bestellt, und während wir unser Futter mampften, übrigens haargenau das gleiche wie auf der Hinfahrt, erzählte meine Mama ein bisschen von ihrem Berufsärger.

Lilli benagte, während sie zuhörte, ihre Unterlippe und schaute sauer. Ich war mir sicher: Sie ist beleidigt, weil meiner Mama nicht eingefallen ist, sie als Werbe-Girlie zu entdecken! Als wir beim Dessert waren und die Oldies längst von etwas anderem redeten, fragte Lilli plötzlich meine Mama: »Muss es ein Mädchen sein? Wäre der Marcel nicht ideal für den Job?«

»Danke für die Anregung«, sagte meine Mama.

Mit meinen Eltern in einem Raum zu schlafen, noch dazu in einem so kleinen wie einer Schiffskabine, ist ein Erlebnis! Mein Papa schnarcht nämlich, und meine Mama kann sich, obwohl sie es seit dreizehn Jahren jede Nacht hört, nicht daran gewöhnen.

Das Papa-Geschnarche dröhnte also durch die Kabine, und jede Stunde einmal erhob sich meine Mama von ihrem Lager, rüttelte meinen Papa und jammerte: »Dreh dich bitte auf den Bauch!« Weil mein Papa nur schnarcht, wenn er auf dem Rücken liegt. Aber die Rückenlage ist halt seine Lieblingsschlaflage, in die er immer wieder rollt!

Ich schlief in Stundenhäppchen, und gegen fünf Uhr dann, es dämmerte schon, wurde ich davon wach, dass die Kabinentür ins Schloss knallte. Ich linste zum Bett meiner Mama. Es war leer. Ich versuchte wieder einzuschlafen, es gelang mir nicht. Nicht nur wegen dem Schnarchen, vor allem, weil ich riesigen Durst hatte. Der Abendessenlachs war versalzen gewesen. Ich kletterte vom Hochbett und wollte in der Dusche am Wasserhahn meinen Durst löschen. Doch dann fiel mir ein, dass mein

Papa gesagt hatte, das sei Nutzwasser, trinken dürfe man es nicht. Also schlüpfte ich in die Jeans, zog das T-Shirt über, steckte Geld ein und verließ den Schnarcher, um mir einen Durstlöscher zu kaufen. Die Bar im Halbstock unter unserer Kabine hatte Rund-um-die-Uhr-Betrieb.

In der Bar war außer dem Mann hinter der Theke nur ein Gast. Meine Mama! Sie saß an einem Tisch und tippte in ihr Powerbook. Sie war so ins Tippen vertieft, dass sie mich nicht sah. Ich kaufte mir eine Flasche Wasser, ging zu meiner Mama und fragte: »Stör ich?«

Meine Mama schaltete das Powerbook ab. »Ich muss ohnehin aufhören«, sagte sie. »Der Akku ist bereits auf Reserve.«

Wir lästerten zuerst über das Papa-Geschnarche, dann fragte ich: »Du schaust drein wie Oma Gretls Kater, wenn er eine Maus gefressen hat. Ist dir was eingefallen für den Ober-Über-Boss?«

»Ist mir!«, sagte meine Mama. »Lilli hat mich auf die Idee gebracht.«

»Du willst echt den Marcel nehmen?« Ich war verblüfft. »Der sieht doch fast schon erwachsen aus.«

»Doch nicht den!« Meine Mama schüttelte den Kopf. Dann erklärte sie, dass sie von Lilli nur die Idee hat, einen Knaben zu nehmen. Aber sie braucht keinen schönen, denn Schönlinge glotzten einem sowieso unentwegt von Plakaten und TV-Spots entgegen. Sie braucht einen »Sympathieträger« der komischen, witzigen Sorte.

»Wo willst du so einen auf die Schnelle finden?«, fragte ich.

»Den hab ich schon!« Meine Mama grinste von einem Ohr zum anderen. »Und dazu, dass er mitmacht, krieg ich ihn, er kassiert ja gutes Geld dafür. Und Angie hat wohl auch nichts dagegen.«

Da fiel bei mir endlich der Groschen!

13. Kapitel

in welchem meine Mama und Angie Armin überreden und mir Lilli die Freundschaft aufkündigt, weil ich nicht auf den Rat meines klugen Papas höre.

Auf der Fahrt von Genua nach Wien saß ich die erste Hälfte des Weges vorne, neben meinem Papa. Meine Mama hockte hinten, zwischen Armin und Angie, und hatte, kaum dass wir auf der Autobahn waren, angefangen, den beiden zu erklären, was sie mit Armin vorhatte. Sie setzte alles daran, ihm den Werbeboyjob schmackhaft zu machen. Aber so leicht, wie sie sich das vorgestellt hatte, war Armin nicht zu überreden!

»Wieso denn gerade ich?«, japste er entsetzt. »Das kann ich garantiert nicht!«, behauptete er stur. »Das traue ich mich wirklich nicht!«, jammerte er verzagt. Aber meine Mama ließ nicht locker. Und als sie ihm erklärte, dass er dafür eine Menge Geld bekommen würde, murmelte er dann doch: »Ich werde es mir überlegen.«

»Okay«, sagte meine Mama. »Bis wir in Wien sind, hast du ja genug Zeit zum Überlegen. Länger kann ich nicht warten. Wenn du nicht willst, muss ich nämlich schnell wen anderen suchen.« Dann kurbelte sie hurtig eines der hinteren Seitenfenster einen Spaltbreit runter. Im ganzen Auto machte sich nämlich plötzlich Münsterkäsegeruch breit.

Ich bekam eine Wut auf meine Mama, weil sie den armen Kerl so unter Druck setzte, dass er zu stinken anfing! Und noch mehr ärgerte mich, dass Angie Feuer und Flamme war und sich kein bisschen um Armins Einwände scherte! Wohl nur deshalb nicht, weil meine Mama verschwieg, dass sie exakt das Gegenteil von einem hübschen Knaben haben wollte. Scheinheilig quatschte sie irgendetwas von »normalem Kind, lieb, sympathisch und lustig« daher und wehrte Angies Vorschlag, dass ihr Armin noch schnell mit einer Blitzdiät ein paar Kilos abnehmen könnte, entschieden ab.

»Er ist doch wirklich nicht dick!«, log sie schamlos. »Er ist bloß ein schön kernig rundes Kerlchen.« Wahrlich eine ehrliche Aussage für eine Frau, die in Schwermut verfallen würde, wenn sie von ihrer 36er-Kleidergröße auf 38 wechseln müsste!

Im Duett redeten Angie und meine Mama auf Armin ein. Dass es doch superlustig ist, fotografiert zu werden, und dass Angie sehr stolz wäre, wenn sie zu allen Leuten sagen könnte: Der Bub auf den Plakaten vom Deli-Supermarkt ist mein Sohn! Und dass er sich vom Geld ein tolles Fahrrad kaufen könnte oder einen Super-TV fürs Wohnzimmer oder ein Notebook.

Ich war in einem echten Zwiespalt. Einerseits war ich wütend auf meine Mama, aber anderseits wollte ich auch nicht, dass sie ohne Werbeboy dasteht. Denn »schnell einen anderen suchen«, wie sie gesagt hatte, das war ja völlig unmöglich. Dazu brauchte auch die beste aller Castingagenturen länger als ein, zwei Tage. Und länger konnte meine Mama nicht warten.

Knapp vor der österreichischen Grenze hatten Angie und meine Mama Armin endlich weich geredet. Gottergeben seufzend sagte er »Okay, probier ich es halt!« und bekam von Angie dafür einen feuchten Schmatzkuss und von meiner Mama ein strahlendes Lächeln.

Da die »Anwerbung« erfolgreich beendet war, steuerte mein Papa den nächsten Parkplatz an, und wir tauschten die Plätze. Ich hockte mich nach hinten, mein Papa wechselte auf den Beifahrersitz, meine Mama setzte sich hinter das Lenkrad und brauste vergnügt los.

Armin fragte mich leise: »Was sagst denn du dazu? Findest du das nicht auch ziemlich blöd?«

Ich wollte »neutral« bleiben, also zuckte ich mit den Schultern und freute mich, dass mir, obwohl ich dicht an Armin saß, kein Münsterhauch in die Nase wehte. Ich dachte zufrieden: Das war also gottlob bloß ein winziger Stinkerückfall! Zudem wunderte ich mich, dass meine Mama nicht sofort nach Armins Zusage mit dem Max telefonierte. Der musste doch allerhand in die Wege leiten, Termine im Fotostudio und die Filmfirma buchen, und die Zeit dafür war knapp!

In der Raststation, in der wir ein spätes Mittagessen mampften, fragte ich meine Mama danach. An der Salatbar, wo uns Angie und Armin nicht zuhören konnten.

»Tochter, das hab ich doch längst, in aller Herrgottsfrühe schon, organisiert«, sagte meine Mama. »Um fünf Uhr hab ich den lieben Maxi aus dem Tiefschlaf geklingelt und ihm alle nötigen Anweisungen gegeben!«

»Da hast du ja noch gar nicht gewusst, ob der Armin mitspielt!«, hielt ich ihr vor.

Meine Mama grinste wieder einmal wie Oma Gretls Kater, wenn er eine Maus gefangen hat, und sagte bescheiden: »Wenn ich etwas will, krieg ich das klarerweise auch hin. Ich kann mich immer auf mich verlassen.«

Wir kamen spät am Abend nach Wien. Zuerst luden wir Armin und Angie vor ihrem Haus ab, und meine Mutter machte mit Angie aus, dass sie Armin morgen in der Früh, Punkt neun Uhr, abholen wird. Wie das sprichwörtliche Lamm, das zur Schlachtbank geführt werden soll, nickte Armin. Angie fragte, womit sie ihren Sohn für die Probeaufnahmen bekleiden soll, und meine Mama erklärte ihr, dass sein Outfit egal ist, die passenden Klamotten wird man dann im Fotostudio für ihn raussuchen.

»Und wann wird er mit mir Mathe lernen?«, fragte ich einigermaßen bissig. »Oder ist seine Nachprüfung nicht mehr wichtig?«

Angie und meine Mama versicherten mir, dass ein-zwei-drei Tage ohne Nachhilfe Armin nicht schaden werden, dass ihm eine Ruhepause zur Entspannung wahrscheinlich sogar gut tun wird und dass wir ab Ende der Woche wieder miteinander lernen können. Weil mehr als ein paar Stunden pro Tag, sagte meine Mama, wird Armin nachher agenturmäßig garantiert nicht belästigt werden.

Zum Abschied gab mir Armin die Hand. Genauer gesagt: Er umklammerte meine Hand, als wolle er sie nie mehr loslassen, und fragte: »Kommst du morgen mit zu diesem Werbezirkus?« Ich wollte ihm sagen, dass ich mitkomme, wenn er das haben möchte, doch meine

Mama klatschte ihm eine Pfote auf die Schulter und säuselte: »Aber, aber, Armin! Die Marlen brauchen wir zwei beide doch nicht als Kindermädchen, das schaffen wir alleine.« Und Armin nickte wieder gottergeben.

An den nächsten drei Tagen sah ich Armin nicht. Er war vom frühen Morgen bis zum späten Abend werbeboymäßig beschäftigt. So lange deshalb, erklärte mir meine Mama, weil er zwischendurch Ruhepausen einlegen muss. Die sind für Kinder gesetzlich vorgeschrieben. Außerdem hörte ich von meiner Mama, dass alles perfekt läuft, dass der Deli-Ober-Über-Boss von ihrem neuen Konzept schwer begeistert ist und dass es Armin gut geht und ihm die Sache Spaß zu machen beginnt. Und dass er meine Mama um einen »Vorschuss« gebeten hat, von dem er seiner Mama eine Espressomaschine kaufen will.

Lilli sah ich auch nicht. Sie fuhr jeden Morgen eine halbe Stunde mit der Badner Bahn ins Badner Strandbad, um dort Marcel zu treffen. Und jeden Abend, wenn sie aus Baden heimgekommen war, erstattete sie mir telefonisch ausführlich Bericht. So wie sie das sah, war sie mit Marcel »ein Paar« und alles in bester Alpenbutter. Mein Papa hatte allerdings von seinem Spezialkumpel Kurtl eine andere Information. Sein armer Sohn, hatte ihm Papa Tanneberg erzählt, ist genervt von Lillis tagtäglicher »Belagerung« im Bad, aber gutmütig wie der Bub ist, kann er sich nicht dagegen wehren. Und die Clique von Marcel hat Lilli den Spitznamen »Zecke« gegeben, weil Zecken auch so schwer wegzukriegen sind.

Ich fragte meinen Papa, ob ich das Lilli berichten soll.

Mein Papa sagte, es sei niemandes Pflicht, traurige Botschaften zu überbringen, Lilli werde schon irgendwann selbst merken, dass Marcel kein Interesse an ihr hat.

»Aber sie ist meine beste Freundin!«, rief ich. »Seine beste Freundin muss man doch davor bewahren, sich so lächerlich zu machen! Oder?«

Mein Papa sagte, dass er sich für »beste Freundinnen« nicht zuständig fühlt, da soll ich besser meine Mama fragen. Die kam zwar erst sehr spät am Abend heim und gab an, fixifoxifertig zu sein, aber ich trug ihr trotzdem mein Problem vor, und sie war absolut nicht der Meinung meines Papas! Dass es meine Pflicht ist, Lilli die Wahrheit zu sagen, erklärte sie. Sie »blöd sterben zu lassen« wäre eine echte Gemeinheit. Und ich muss ja nicht unbedingt die »Zecke« erwähnen, sagte sie. So schonend wie möglich soll ich es Lilli halt beibringen!

Im Bett dann, vor dem Einschlafen, überlegte ich, wie ich Lilli schonend beibringen kann, dass sie und Marcel leider kein »Paar« sind. Ich dachte mir jede Menge Schonsätze aus und verwarf sie alle wieder.

Am nächsten Morgen, als ich munter wurde, regnete es in Strömen. Der Regen war der Grund dafür, dass ich unheimlich spät, erst nach zehn Uhr, aufgewacht war. Für mich gibt es nämlich schlafensmäßig nichts Herrlicheres als dieses monotone Tak-tak-tak, das die Regentropfen aufs Fensterblech trommeln. Das versetzt mich in narkoseähnlichen Tiefschlaf. Wahrscheinlich hätte ich noch ein, zwei Stündchen länger geschlafen, hätte mein Handy, das auf dem Nachttisch lag, nicht geklingelt. Schlaftrunken grapschte ich danach, murmelte gähnend

»Hallo« und Lilli posaunte mir ins linke Ohr: »Ich bin fix und fertig und muss sofort mit dir reden, ich bin in zehn Minuten bei dir!«

»Was ist los?«, wollte ich wissen. Aber Lilli hatte schon die Aus-Taste gedrückt. So stieg ich aus dem Bett und tappte ins Bad, zwecks Katzenwäsche. Viel Zeit, zu überlegen, ob ich Lilli schon heute »die Wahrheit« sagen oder damit noch warten sollte, hatte ich nicht. Kaum steckte ich in der Jeans, klingelte es an der Wohnungstür.

Lilli war total aus dem Häuschen, den Tränen nahe, direkt zittrig! Mama und Papa Tanneberg, erzählte sie mir aufgebracht, versuchen mit allen Mitteln sie und Marcel »auseinander zu bringen«. Die erklären ihr, wenn sie anruft, dass ihr Sohn nicht zu Hause ist! Obwohl er garantiert daheim ist! Weil er gern lang schläft und in der Früh um zehn Uhr sicher noch nicht weggegangen ist.

Ich dachte: Jetzt ist die Chance für eine »schonende« Aufklärung günstig, und meinte, etwas zögernd: »Vielleicht hat er ihnen gesagt, dass sie dir sagen sollen, dass er nicht daheim ist.«

Lilli starrte mich verblüfft an.

Ich fuhr tapfer fort: »Es könnte doch sein, dass er sich verleugnen lässt, weil er dir nicht sagen will, dass er dich nicht treffen mag.«

»Wie kommst du denn auf diese saudumme Idee?«, rief Lilli.

Mir war ziemlich danach, einen Rückzieher zu machen, weil ich wirklich keine Lust hatte, taktlos zu sein und Lilli zu kränken. Aber dann sagte ich doch: »Sein Vater hat meinem Papa so was Ähnliches erzählt.«

»Was heißt: so was Ähnliches?« Lilli funkelte mich zornig an. »Quatsch gefälligst nicht rum, rede Klartext!«

Also redete ich Klartext, exklusive der »Zecke«. Aber auch vom zeckenlosen Bericht wurde Lilli stocksauer. Nicht auf den Marcel, auf mich. Sie beschuldigte mich glatt, dass ich »das Blaue vom Himmel lüge«, dass ich alles einfach erfunden habe und kein einziges Wort davon wahr ist.

»Eifersüchtig bist du!«, rief sie. »So warst du doch schon als Baby! Nie hast du es ausgehalten, wenn ich auch noch wen anderen zur Freundin haben wollte! Immer hast du dann dazwischengefunkt und Theater gemacht und keine Ruhe gegeben, bis ich wieder nur mehr mit dir zusammen war.«

Ein Körnchen Wahrheit steckte wirklich in dieser Behauptung. Als wir noch sehr klein waren, habe ich es wirklich nicht gut ausgehalten, wenn Lilli mit einem anderen Kind viel gequatscht und viel Spaß gehabt hat. Weil ich Angst gehabt habe, dass Lilli das andere Kind demnächst lieber haben könnte als mich. Aber auch damals habe ich deswegen nichts erfunden und nicht das Blaue vom Himmel gelogen. Ich habe bloß gelitten und heimlich geheult. Und diese Zeit ist außerdem längst vorbei.

Ich rief: »Wenn du mir nicht glaubst, frag halt meinen Papa! Oder glaubst du, dass der auch wegen dir das Blaue vom Himmel runterlügt?«

Lilli benagte mit den oberen Schneidezähnen ihre Unterlippe und schwieg. Mir kam es vor, als sei sie jetzt für die nackten Tatsachen zugänglich, also sagte ich: »Du hast dir bloß eingeredet, dass ihr zusammen seid. Weil du es gern gehabt hättest. Aber so war es nicht. Und er ist doch eh nur schön und ansonsten ein sagenhafter Dumpfi. Schmink ihn dir ab, du hast nicht viel an ihm verloren.«

Lilli sprang auf. »Du bist so was von einem riesigen Riesenarsch!«, schrie sie mich an. »Mit dir will ich nie mehr im ganzen Leben etwas zu tun haben!«

Dann rannte sie aus der Wohnung und knallte die Tür hinter sich zu. Ich ging zu einem Fenster, von dem man auf die Straße runterschauen kann, öffnete es und wartete, dass Lilli aus dem Haus kommt. Ich wartete ziemlich lange, aber sie kam nicht aus unserem Haustor. Da unser Lift manchmal bockt, dachte ich mir: Vielleicht steckt sie zwischen zwei Stockwerken fest! Ich jappelte auf den Gang raus und schaute in den Liftschacht. Der Lift stand friedlich im Erdgeschoss unten.

Lilli hockte im Halbstock unter unserer Etage auf der Treppe und schluchzte. Ich lief zu ihr und wollte mich neben sie setzen, um sie zu trösten, aber sie schluchzte »Hau ab!«, stieß mich weg, sprang auf und rannte die Treppe runter.

Und dann hockte ich im Halbstock auf der Treppe und heulte, bis hinter der Wohnungstür unserer Nachbarin der Jakob laut zu winseln anfing. Wenn der Jakob so laut winselt, wartet er urdringend ungeduldig aufs Gassigehen. Darum war anzunehmen, dass gleich die Nachbarin mit dem Jakob an der Leine die Treppe runterkommen wird. Darauf, dass mich die gute Frau und ihr Hund heulend auf den Stufen sehen, war ich nicht aus. Ich schnäuzte mich und marschierte in unsere Wohnung rauf und heulte in der Küche weiter drauflos.

Diesmal waren meine Mama und mein Papa lillimäßig einer Meinung, als ich ihnen am Abend erzählte, was passiert war. Sie sagten, ich habe getan, was zu tun war, und mir nichts vorzuwerfen, und jetzt ist es an Lilli, vernünftig zu werden. Sie waren sich sicher, dass Lilli bald zerknirscht andampfen und sich bei mir entschuldigen wird. Ich war mir da nicht so sicher, aber ich beschloss, ihnen zu glauben und geduldig auf eine zerknirschte Lilli zu hoffen.

Freitag, am frühen Nachmittag, brachte der Fahrer der Werbefilmfirma Armin im Auto zu mir nach Hause. Armin sah nicht nur müde aus, er sah auch ein bisschen verändert aus. Meine Mama hatte ihn stylen lassen! Seine Haare waren streichholzkurz im Kleiderbürstenlook geschnitten und intensiv goldfischfarben. Und was er anhatte, war nicht wie sonst bei ihm um eine Kleidergröße zu eng, sondern um drei Kleidergrößen zu weit. Schöner war er davon nicht geworden, aber irgendwie witziger sah er schon aus.

»Beim Filmen«, erklärte er mir gähnend, »muss man immer alles zwanzigmal machen, weil irgendetwas nicht richtig war. Einmal ist der Ton nicht okay gewesen, einmal das Licht, dann will es die Regie doch wieder anders haben, oder ich habe falsch dreingeschaut. Und zwischendurch sitzt man herum und wartet und wird vom Nichtstun saumüde. Aber deine Mama, die ist schwer in Ordnung, die kümmert sich wirklich super um mich und fragt mich immer wieder, ob ich noch kann oder ob es mir schon zu viel ist, und dass ich es super mache, sagt sie auch dauernd.«

»Gehört sich ja wohl auch so«, murmelte ich und räumte die Mathesachen auf meinen Schreibtisch. Diesmal, nebst Papier und Kugelschreiber, zwei Dreiecke, ein Lineal, einen harten Bleistift, einen Radiergummi und den Zirkel. Weil wir die Geometrie angehen mussten.

»Wie geht es denn Lilli?«, fragte Armin. Es klang einigermaßen neutral. Jedenfalls nicht so, als ob er sich in Sehnsucht nach ihr verzehren würde.

Ich zuckte mit den Schultern, schlug das Mathebuch bei den »Dreiecken« auf und bat Armin, mir zu erklären, was Innen- und was Außenwinkel sind. Er wusste es. Und dass die Innenwinkelsumme in jedem Dreieck 180 Grad ausmacht und die Außenwinkelsumme 360 Grad, wusste er auch. Die Geometrie, das merkte ich bald, fiel ihm überhaupt wesentlich leichter als das Rechnen. Problemlos kriegte er sogar die Inkreise und die Umkreise von Dreiecken hin, und der Satz von Thales, dass jeder Winkel im Halbkreis ein rechter Winkel ist, war ihm auch kein Rätsel. Ein Rätsel waren ihm aber sichtlich so Ausdrücke wie »supplementär« und »Koordinaten« und »Symmetrale« und »kongruent«, und weil er sie nicht verstand, konnte er klarerweise die Aufgaben nicht lösen, in denen davon die Rede war. Also paukte ich ihm all diese Wörter gnadenlos ein. Nach einer Stunde saßen sie endlich in seinem Kopf fest. Wenn ich sie abfragte, erklärte sie mir Armin fehlerfrei, aber enorm gähnend. Schlaff wie ein Schluck Wasser in der Kurve war er. Also beschloss ich den Matheunterricht für heute zu beenden und Armin heimzuschicken. Aber er wollte nicht heimgehen, er wollte mich auf ein Eis einladen.

»Ich hab nämlich schon Geld von deiner Mama bekommen«, sagte er. »Für eine Espressomaschine, weil das schon so lange ein Wunsch von meiner Mama ist. Aber die war billiger, als ich geglaubt habe, weil sie mir der Producer zum Großhandelspreis besorgt hat, und da habe ich jetzt noch viel übrig.« Er zog gähnend die Geldbörse aus einer Potasche seiner schwarzen Rapperhose, öffnete sie und schüttelte Euroscheine auf meinen Schreibtisch.

»Toll!«, sagte ich, weil ich vermutete, dass er seinen Reichtum bewundert haben wollte.

»J-a-a-a-a-a«, gähnte er und stopfte die Euroscheine in die Börse zurück. »So viel Geld habe ich überhaupt noch nie für mich gehabt. Und ich bekomme noch viel mehr, aber das kommt wahrscheinlich auf ein Sparbuch für später, wenn ich etwas dringend brauche.«

»Wieso nur wahrscheinlich?«, fragte ich.

»Weil sich mein Papa und meine Mama das Sorgerecht für mich teilen und mein Papa seine Einwilligung geben musste, dass ich für den Supermarkt werbe. Jetzt sagt er, solange ich selber Geld verdiene, muss er keine Alimente für mich zahlen.«

Ich murmelte bloß »Aha«, eingedenk meiner Mama Vortrag über Kindesliebe zu grauslichen Vätern.

»Aber meine Mama geht zu Gericht, wenn er wirklich nicht zahlt«, sagte Armin und gähnte wieder ausführlich.

Mit einem derart matten, gähnenden Schlaffi wollte

ich eigentlich nicht im Eissalon herumsitzen. Ich sagte: »Armin, verschieben wir den Eissalon besser auf morgen. Heute bist du doch zu müde. Morgen ist Samstag, da wird nicht gedreht.«

»Doch!«, unterbrach mich Armin. »Morgen wird auch gedreht und am Sonntag. Wir haben es ja brandeilig. In einer Woche muss alles fertig sein, damit die Kampagne rechtzeitig starten kann.«

Also ging ich mit Armin doch in den Eissalon und verputzte eine Birne Helene. Armin hatte sich einen Coupe Melba bestellt, aber von dem zerfloss die Hälfte ungegessen. Er war sogar zum Eisessen zu müde.

Da mich mein Papa am Morgen gebeten hatte, für das Abendessen eine Salatgurke und Knoblauch zu besorgen, ging ich auf dem Heimweg vom Eissalon zum Herrn Bartic, unserem Gemüsehändler, und traf dort auf die Dr. Bär, die mit dem Herrn Bartic herumstritt. Die Steinpilze, die er für sie in eine Tüte getan hatte, gefielen ihr nicht. Zu viele »Füße« und zu wenig »Köpfe« waren es, ihrer Meinung nach. Sie schüttete den Tüteninhalt auf die Theke und keifte: »Da, bitte, schauen Sie sich das an! Vier ganze, zwei Köpfe und sechs Füße!« Sie nahm zwei Pilzstiele, hielt sie dem Herrn Bartic hin und forderte: »Tauschen Sie die gegen zwei Köpfe aus!«

Der Herr Bartic schaute grimmig, aber er war der Dr. Bär zu Willen, ersetzte die zwei Stiele durch zwei Köpfe, wog die Pilze noch einmal ab, nannte den neuen Preis und fragte giftig: »Jetzt recht, dick Frau?« (Der Herr Bartic ist Bosnier und spricht nicht sehr gut Deutsch.)

Die Dr. Bär schaute nicht minder grimmig, reichte dem Herrn Bartic einen Euroschein und sprach hoheitsvoll: »Für den horrenden Preis wird man wohl beste Ware verlangen dürfen!« Und mich fragte sie dann, während sie das Wechselgeld in die Geldbörse und die Pilztüte in die Einkaufstasche reintat: »Wie geht es dir denn, Marlen, hast du dich inzwischen gut erholt und bist fit für das neue Schuljahr?«

Ich dachte mir: Jetzt ist eine günstige Gelegenheit, für den Armin zu werben! Also sagte ich: »Danke, Frau Doktor Bär, mir geht es sehr gut, Frau Doktor Bär. Und ich lerne jeden Tag mit dem Armin Meier zwei Stunden für die Nachprüfung. Die ganzen Ferien über schon.«

»Du lernst mit ihm?« Die Dr. Bär war sichtlich erstaunt. »Hat er denn keine professionelle Nachhilfe?«

»Dafür hat seine Mutter kein Geld«, sagte ich. »Sein Papa hätte genug Geld, aber der bezahlt keine Nachhilfe, der ist nämlich geschieden. Aber ich krieg das schon hin mit ihm. Er gibt sich wirklich Mühe, und er kann auch schon ziemlich viel.«

»Das ist sehr kollegial von dir«, sagte die Dr. Bär. Und bevor sie den Gemüseladen verließ, sagte sie noch: »Übe mit ihm vor allem das Rechnen mit Brüchen, schaut euch die Dreiecke gut an und auch die Prozentrechnungen.«

Sehr zufrieden wanderte ich mit meiner Gurke und der Knoblauchknolle heim. Brüche, Prozente und Dreiecke! Das, dachte ich mir, schafft der Armin!

14. Kapitel

in welchem Armin beim Feiern seine Mama vergisst und ich mich bereit erkläre, beim Briefschreiben zu helfen.

Die letzten zwei Ferienwochen verliefen für mich stumpfdumpf eintönig. Meine Mama werkte jeden Tag bis spät am Abend in der Agentur, mein Papa musste im Ministerium Überstunden machen, weil zwei seiner Kollegen auf Urlaub waren und sich einer krankgemeldet hatte. Ich war also Ganztagsvollwaise. Von Montag bis Freitag kam zu Mittag Armin zum Mathelernen und blieb meistens bis zum Abend. Den Werbeboyjob hatte er, wenigstens für Erste, hinter sich. Aber sehr spannend waren die Freizeitstunden mit ihm nicht, wir schauten zusammen fern, wir spielten Karten und gingen gemeinsam einkaufen. Außerdem übernahm er meine so genannten »Pflichten im Haushalt«, also Abfalleimer in den Hof runtertragen, Geschirrspüler ausräumen, Wäsche von der Waschmaschine in den Trockner übersiedeln, den Blumen frisches Wasser geben und Ähnliches. Nicht, dass ich ihm das aufgetragen hätte! Er wollte es unbedingt für mich machen, als Gegenleistung für die Nachhilfe.

Darauf zu warten, dass Lilli zu mir kommen wird, musste ich mir nach ein paar Tagen abschminken, denn ihre Mama hatte mit meiner Mama telefoniert und gesagt, dass sie Lilli für die letzten zehn Ferientage zu ihrer Oma gebracht hat. Nicht zur grauenhaften Linzer Schreckschraube, sondern zur netten Oma im Burgenland. Damit sie »Abstand von ihrer unseligen Verliebtheit gewinnt«, hatte Lillis Mama meiner Mama erklärt. Und hatte den Vorschlag gemacht, dass sie mich auch zur Burgenland-Oma bringt. Der Bauernhof ihrer Mutter, hatte sie gemeint, ist für eine »Aussprache der astrologischen Zwillinge« und die anschließende Versöhnung der richtige Ort. Meine Mama hatte das jedoch abgelehnt. Sie trifft, wie gesagt, gern Entscheidungen für mich! Ich hätte das Angebot allerdings sowieso nicht annehmen können, weil ich ja mit dem Armin lernen musste.

Das Objekt »der unseligen Verliebtheit« übrigens, das wusste ich von meinem Papa, war gar nicht mehr in Baden. Weil sich der Marcel geweigert hatte, für seine zwei Nachprüfungen zu lernen, hatten ihn die Tannebergs in ein Internat zwangsverschickt. In eines in Deutschland, wo die Ferien nicht so lange dauern wie bei uns und der Unterricht bereits wieder begonnen hatte. Dort sollte er, für ein sagenhaftes Schulgeld, das Schuljahr wiederholen.

Aber ich gab die Hoffnung auf baldige Versöhnung mit Lilli nicht auf. Jeden Abend, vor dem Einschlafen, sagte ich mir: Am Abend vor dem ersten Schultag, wenn sie aus dem Burgenland zurück ist, wird sie zu mir kommen. Oder wenigstens anrufen. Und so tun, als hätten wir nie Streit miteinander gehabt. Und ich werde auch so tun, damit sie nicht zu Kreuze kriechen muss! Und dann treffen wir uns am ersten Schultag wie jedes Jahr an der Straßenkreuzung vor der Schule und gehen Hand in Hand weiter und sind wieder die besten Freundinnen!

Eigentlich beginnt bei uns die Schule am ersten Montag im September. Doch der Unterricht fängt erst am Mittwoch an, weil am Montag und am Dienstag nur die Nachprüfungen stattfinden. Am Montag die schriftlichen, am Dienstag die mündlichen. Ich begleitete Armin am Montag in die Schule. Er hatte mich darum gebeten.

Auf der schwarzen Tafel im Erdgeschoss war aufgeschrieben, wo sich die diversen »Nachprüflinge« einzufinden hatten. Wer seine Nachprüfung bei der Dr. Bär ablegen musste, sollte in den Zeichensaal gehen. Also marschierte ich, den Armin fest an der Hand haltend, mit ihm zum Zeichensaal rauf. Er war ziemlich aufgeregt, aber er stank nur ein winziges bisschen.

Die Dr. Bär wartete vor dem Zeichensaal auf ihre Schüler. Fast hätte sie den Armin wegen der goldfischfarbenen Kleiderbürstenhaare nicht erkannt, und als sie ihn dann doch erkannte, rief sie: »Ja, was ist denn mit dir passiert?« Ungefähr in dem Tonfall, in dem man sich nach der Ursache eines Gipsbeins erkundigt.

Armin war viel zu aufgeregt, um zu antworten. Darum sagte ich zur Dr. Bär: »Das ist nur vorübergehend, das wäscht sich wieder aus!«

Die Dr. Bär lächelte erleichtert und sagte zu Armin: »Nur keine Angst, Armin Meier. Wenn du wirklich gelernt hast, schaffst du es!«

Armin nickte und ging in den Zeichensaal. Die Dr. Bär rief ihm nach: »Setz dich hin, wo du magst!«

Ich fragte: »Darf ich hier auf ihn warten?«

Huldvoll nickte die Dr. Bär, dann kam ein anderer Nachprüfling zum Zeichensaal, sie sagte »Wir sind vollständig«, schob den Knaben vor sich her in den Zeichensaal rein und schloss die Tür.

Nach fünfzig Minuten kam Armin als Erster aus dem Zeichensaal wieder raus.

»Geschafft?«, fragte ich. Aber mir war schon klar, dass er die Sache hingekriegt hatte, denn er schaute irrsinnig glücklich drein.

Er umarmte mich ganz fest und sagte: »Ich muss morgen gar nicht mehr kommen, weil ich alle vier Aufgaben richtig habe!«

Dann ließ er mich los und rief: »Jetzt feiern wir zwei! Aber richtig! Und zwar im Prater! Mit Gokart und Hochschaubahn und Langos und Pommes und Bratwurst und Ringelspiel!«

Ich war klarerweise einverstanden. Prater ist für mich nämlich überhaupt das Größte!

Auf dem Weg zur U-Bahn sahen wir das erste Armin-Plakat. Ein riesiger Armin-Kopf, mit leichtem Silberblick, grinsend von einem abstehenden Ohr bis zum anderen, prunkte auf einer Plakatwand. Der Kopf hatte sehr viele gemogelte, auf die Haut retuschierte Sommersprossen. Weil der echte Armin im Moment so sonnenbraun war, dass man seine Sommersprossen fast nicht erkennen konnte. Nur der Armin-Kopf war auf dem Plakat. Sonst nichts.

Ich sagte entsetzt: »Die haben in der Agentur vergessen, draufzuschreiben, für welche Supermarktkette du wirbst!«

»Aber nein!«, klärte mich der Armin auf. »Die Leute sollen neugierig werden, die sollen sich fragen, wofür da geworben wird, und nächste Woche, wenn sie schon ganz neugierig sind, kommt der Spot im Fernsehen, und da erfahren sie es dann!«

Wir fuhren zuerst mit der U4, dann mit der U1. In jeder Station, wo die U-Bahn hielt, war auf beiden Bahnsteigen mindestens ein Armin-Kopf. Auf manchen waren sogar zwei. Ich fragte den Armin, wie das für ihn ist, wenn er sich überall im Maxiformat begegnet.

»Irgendwie schon komisch«, antwortete er, »aber eigentlich nicht wirklich unangenehm.«

Wir marschierten gerade von der Hochschaubahn zum Autodrom rüber, da klingelte das Handy in meiner Jackentasche. Meine Mama war dran und fragte mich ganz aufgeregt, ob ich vielleicht weiß, wo Armin ist. Seine Mama ist nämlich am Durchdrehen und Ausflippen, weil er sich nach der Mathenachprüfung nicht bei ihr gemeldet hat. Jetzt glaubt sie, dass er durchgefallen ist und sich umbringen will!

Der arme Armin war total zerknirscht! Ich gab ihm das Handy, er rief seine Mama an und stammelte Entschuldigungen. Und nachher sagte er, er muss sofort heim, seine Mama trösten. So viel Sohnesliebe fand ich reichlich übertrieben. Nun wusste Angie doch, dass er die Prüfung bestanden hatte und ihm nichts passiert war, da hätte er ruhig mit mir noch ein, zwei Stündchen im Prater bleiben können. Schließlich hatte ich ihm geholfen, die Nachprüfung zu bestehen. Angie hatte gar nichts dazu beigetragen! Nicht einmal zugetraut hatte sie ihm, dass er sie überhaupt schafft! »Meine Mama hat eben sehr dünne Nerven«, sagte Armin entschuldigend. »Und sie hat ja nur mich.«

»Ist schon okay«, murmelte ich und marschierte mit Armin zur U-Bahn. Ich verbiss mir sogar das Lästern, als Armin bei einem Blumenstand vor der U-Bahn-Station drei blutrote Trostrosen für seine Mama kaufte. Obwohl ich ihm gern gesagt hätte, dass nicht er seiner Mama, sondern seine Mama ihm etwas schenken müsste, für die toll bestandene Nachprüfung.

Den ganzen Dienstag über verließ ich die Wohnung nicht. Weil ich auf Lilli wartete. Aber sie kam nicht. Sie rief auch nicht an.

»Soviel ich von der Barbara weiß«, sagte meine Mama am Abend zu mir, »hat sie der Martin erst heute Nachmittag von der Oma abgeholt. Wahrscheinlich haben sie sich verspätet und sind noch gar nicht daheim.« Das war wohl als Trost gedacht, doch es tröstete mich nicht, denn Lilli hätte mich ja auch aus dem Burgenland anrufen können oder auf der Heimfahrt im Auto. Um die Höhe von Telefonrechnungen hatte sie sich noch nie viel geschert.

Wenigstens eine erfreuliche Mitteilung hatte meine Mama aber für mich! Sie und Barbara, sagte sie, sind übereingekommen, dass Lilli und ich inzwischen alt genug sind, die Nachmittage »unbetreut« zu verbringen.

Am Mittwoch, zwanzig Minuten vor acht Uhr, war ich bei der Straßenkreuzung. Ich wartete eine Viertelstunde auf Lilli, dann rannte ich zur Schule. Zu spät kommen wollte ich gleich am ersten Tag nicht.

Als ich den Gang zu unserer Klasse runterflitzte, rief hinter mir die Dr. Bär: »Marlen!«

Ich blieb stehen, die Dr. Bär holte mich ein und gratulierte mir zu meinem erstaunlichen Nachhilfe-Erfolg. Darauf, sagte sie, darf ich wirklich stolz sein, und ich soll mir überlegen, ob ich später Lehrerin werden will, weil ich sichtlich jetzt schon enorme pädagogische Fähigkeiten habe, was in meinem Alter angeblich eine Seltenheit ist. Ich sagte, dass ich mir das überlegen werde, sie sagte, dass ich ja noch viel Zeit zum Überlegen habe, dann waren wir vor unserer Klasse, ich öffnete ihr die Tür und ließ sie vor mir in die Klasse reingehen.

Lilli war schon da. Sie saß neben Keksi am Pult. Dass sie dort nicht bloß für einen Tratsch zu Besuch war, merkte ich daran, dass ihr Rucksack unter dem Pult und ihr Federetui auf dem Pult lag.

Auf Lillis altem Platz saß Jakob und sagte zu mir: »Lilli wollte unbedingt mit mir Plätze tauschen. Ich hoffe, es ist dir recht!«

»Ist mir egal!«, sagte ich patzig. »Ich setze mich sowieso zum Armin.« Dann zwängte ich mich zwischen dem guten Dutzend Mitschülern durch, die Armins Pult umringt hatten und heftig auf ihn einredeten, und nahm neben ihm Platz.

Die Dr. Bär klatschte unentwegt in die Hände und rief: »Auf die Plätze, Herrschaften! Der Unterricht hat begonnen!« Und dann: »Es ist ja nett, dass ihr euch über die bestandene Nachprüfung von Armin Meier freut, aber nun reicht es wirklich!«

Langsam wanderten alle, die um unser Pult herumgestanden waren, auf ihre Plätze, und Gabriele sagte zur Dr. Bär: »Es ist nicht wegen der Nachprüfung, sondern weil der Armin überall auf riesigen Plakaten drauf ist!«

»Auf Plakaten ist er?«, staunte die Dr. Bär und ließ sich von Gabriele ausführlicher informieren. Anscheinend wandert die gute Frau ständig mit gesenktem Haupt durch die Gegend.

Während Gabriele der Dr. Bär von den Armin-Plakaten erzählte, stand Jakob auf, ging zu Lilli und versuchte, sie vom Stuhl zu schubsen. Sichtlich wollte er seinen alten Platz zurückhaben! Lilli wehrte sich gegen das Schubsen, Jakob packte die Stuhllehne und rüttelte an ihr, Lilli sprang auf und versuchte Jakobs Hände von der Lehne zu reißen. Die Dr. Bär war so interessiert an Gabrieles Erklärungen über Armins Werbeboyjob, dass ihr entging, was sich zwischen Jakob und Lilli tat. Erst als die beiden, um die Lehne kämpfend, laut zu schnaufen anfingen, wurde sie auf das Gerangel aufmerksam und rief: »Leitermeier, willst du schon am ersten Schultag eine Eintragung ins Klassenbuch haben?«

Das war natürlich wirklich nicht fair von ihr. Nachfragen, was da los ist, hätte sie schon müssen. Einfach Lilli alle Schuld zu geben und kein böses Wort zu Jakob zu sagen, war echt fies. Darum hob in der Klasse ein allgemeines Unmutsgemurmel an. Die Dr. Bär ignorierte es und rief: »Leitermeier, geh sofort auf deinen Platz!«

»Das hier ist jetzt mein Platz!«, schnaufte Lilli, ohne die Lehne loszulassen. »Der Jakob hat mit mir getauscht!«

»Unter Vorspiegelung falscher Tatsachen!«, rief Jakob und ließ die Lehne auch nicht los. »Ich hätte mich neben Marlen gesetzt, aber die sitzt jetzt beim Armin! Ich sitze doch nicht allein an einem Pult.« Eh klar! Jakob ist unser Oberabschreiber, der braucht einen guten Schüler neben sich, damit er sich das Selberlernen erspart.

Die Dr. Bär sagte: »Da ihr euch nicht friedlich einigen könnt, gilt einfach die Sitzordnung vom letzten Schuljahr.«

»Genau!«, rief Jakob, entriss Lilli mit einem kräftigen Ruck die Stuhllehne, schob den Stuhl an Keksis Pult und ließ sich zufrieden drauffallen. Lilli stand einen Augenblick perplex da, dann zuckte sie mit den Schultern, nahm ihr Federetui und ihren Rucksack, ging hoch erhobenen Hauptes zum leeren Pult vor Armin und mir und setzte sich auf ihren alten Platz.

Kaum saß sie dort, rief Axel: »Wenn die alte Sitzordnung gilt, muss sich eigentlich auch die Marlen wieder zu Lilli setzen.«

Fragend schaute ich die Dr. Bär an. Sie nickte mir zu und sagte: »Sei so nett, Marlen.«

Also stand ich auf, nahm meinen Rucksack, setzte mich neben Lilli und freute mich über die bärsche Entscheidung, so ungerecht sie auch war. Schließlich ist es Schülern erlaubt, sich am Anfang eines Schuljahres nach Lust und Laune einen Platz zu suchen, und nur weil sich zwei von ihnen über ihren neuen Platz nicht einigen können, müssen doch nicht alle anderen ihre vorjährigen Plätze einnehmen!

Ich holte meinen Notizblock aus dem Rucksack, und während die Dr. Bär einen Vortrag darüber hielt, was an Anforderungen in diesem Schuljahr auf uns zukommen wird, schrieb ich auf den Block:

»Ich war nur ehrlich zu dir, weil eine echte Freundin das sein muss. Ich habe dir nichts Böses angetan, ich würde dir auch nie etwas Böses antun. Du hast keinen Grund, gekränkt zu sein. Das ist ein letztes Freundschaftsangebot, es folgt kein weiteres!«

Ich schob Lilli den Notizblock hin. Lilli las, was draufstand, und riss die Seite vom Block. Ich dachte: So, jetzt zerknüllt sie meinen Brief und wirft ihn weg, und ich blöde Kuh habe voreilig geschrieben, dass das mein letztes Angebot ist!

Doch Lilli faltete den Brief klein, steckte ihn in ihre hintere Hosentasche, nahm mir den Kugelschreiber aus der Hand und schrieb einen Antwortbrief. Nicht bloß vier Zeilen. Sie kritzelte Seite um Seite meines Notizblocks voll, bis die Schulglocke ratschte und die Dr. Bär den Unterricht für beendet erklärte und enteilte. Der erste Schultag dauert bei uns immer nur eine Stunde.

Lilli schob mir den Block zu und sagte: »Wenn du es gelesen hast, ruf mich bitte an, ich warte drauf!« Dann schnappte sie ihren Rucksack und rannte aus der Klasse, wobei sie in der Tür mit einigen Kindern aus anderen Klassen zusammenstieß. Die waren gekommen, um den Armin zu besichtigen und sich zu vergewissern, dass er tatsächlich der Bub vom Plakat ist und nicht bloß ein

Doppelgänger. Und der Schöne Rudi wieselte hinter ihnen in unsere Klasse rein, um Armin schwer begeistert zu gratulieren. Armin war anzusehen, dass ihm das nicht angenehm war. Total verlegen stand er da und wusste nicht, was er sagen soll. Also nahm ich ihn an der Hand und erklärte dem Schönen Rudi und den Armin-Glotzern aus den anderen Klassen: »Bitte, wir müssen jetzt gehen, das Auto vom Fotostudio wartet vor der Schule.«

Der Schöne Rudi und die Armin-Glotzer sahen das ein und ließen uns abziehen. War ja auch nicht gelogen! Das Auto vom Fotostudio samt Chauffeur wartete wirklich schon vor dem Schultor in zweiter Spur. Armin musste sich für die Titelseite der Kundenzeitschrift der Supermarktkette fotografieren lassen.

Eigentlich hatte ich vorgehabt, ins Fotostudio mitzukommen, um mir anzusehen, wie das ist, wenn man profimäßig fotografiert wird, und auch, weil ich endlich einmal meine Mama bei der Arbeit beobachten wollte. Aber noch dringender wollte ich Lillis Brief lesen. Und zwar ungestört in aller Ruhe! So sagte ich vor der Schule zum Armin, dass ich nicht mitkomme, weil ich Kopfweh habe.

»Du versäumst garantiert nichts, wenn du nicht mitkommst«, murmelte Armin seufzend, bevor er in den Mercedes stieg und sich abtransportieren ließ.

Ich ging heim und setzte mich mit dem Notizblock auf unseren Balkon. Lilli ist eine Superrechnerin, im Sätzebasteln ist sie leider weniger talentiert. Ihre Schrift ist auch kaum zu lesen. Von dem, was sie auf sechs Seiten gekritzelt hatte, konnte ich fast ein Drittel nicht entziffern, und der lesbare Rest war reichlich wirr. Immerhin kapierte ich, dass mir Lilli nicht böse gewesen ist, sondern geglaubt hat, ich will mit ihr nichts mehr zu tun haben, weil sie mich so fies beschimpft und Sachen über mich gesagt hat, die falsch sind! Und dass sie hofft, dass wieder alles wie früher zwischen uns wird oder noch schöner. Und dass sie mich dringend nötig hat, weil alle anderen gegen sie sind. Sogar ihr heiß geliebter Papa, was die größte Enttäuschung ihres Lebens ist!

Mit Lilli zu telefonieren hielt ich für Zeitvergeudung. Ich rannte gleich los. Unterwegs kaufte ich beim U-Bahn-Stand vier große Stücke Blechpizza, weil wir ja nun »Mittags-Selbstversorger« waren. Lilli umarmte mich zur Begrüßung so ungestüm, dass die Pizzastücke zwischen unseren Brüsten flunderplatt gedrückt und unsere T-Shirts fettmäßig eingesaut wurden. Aber Lillis Mama hatte ohnehin für einen Mittagsschmaus allerhand in den Eisschrank gelegt, also entsorgten wir das ramponierte Pizzapaket und labten uns an Schinken, Käse, Salami, Gurken, Himbeeren und Joghurt. Und Lilli lieh mir großzügig ihr nagelneues supertolles T-Shirt, das sie von ihrem Papa in Genua bekommen hatte, was eindeutig als Freundschaftsbeweis der Sonderklasse anzusehen war.

Ich wäre ja für »Schwamm drüber und kein Wort mehr davon« gewesen, aber Lilli wollte leider reden! Von ihrem Papa, der ihr vorhält, dass es unwürdig ist, einem Burschen »wie der Flocki« nachzulaufen! Von ihrer Mama, die behauptet, dass sie Wunschträume und Wirklichkeit nicht auseinander halten kann! Von den Eltern

Tanneberg, die sie aus unerfindlichen Gründen hassen. Und von mir wollte sie auch reden!

»Was du gesagt hast, habe ich dir zuerst übel genommen«, erklärte sie. »Aber ich habe eingesehen, dass ich selber dran schuld bin, dass du alles völlig falsch siehst. Weil ich dir nicht alles erzählt habe.«

Das holte sie dann nach. Sie erzählte mir, dass sie der Marcel dreimal geküsst hat. Richtig geküsst, nicht bloß Küsschen gehaucht. Einmal auf der Luftmatratze im Meer, einmal am Strand hinter einem Felsen und einmal im Badner Bad in der Kabine. Wäre sie nicht dagegen gewesen, hätte er sogar Petting mit ihr gemacht. Und eine traurige Abschieds-SMS hat er ihr geschrieben, bevor ihn seine Eltern ins Internat gebracht haben. Und in Baden, bei einer Bude, hat er ihr, als sie sich das letzte Mal gesehen haben, ein Lebkuchenherz mit »Für immer dein« gekauft!

Langer Lilli-Rede kurzer Sinn: Marcel liebt Lilli, nur hat er nicht gewagt, es seinen Eltern zu gestehen, weil die Lilli nicht mögen. Und er hat wegen der Schule ohnehin genug Ärger mit ihnen gehabt, da wollte er nicht noch zusätzlichen Stress, bequem, wie er ist. Darum hat er so getan, als hätte er an Lilli kein Interesse. Das findet Lilli zwar voll mies von ihm, weil er zu ihr stehen muss, wenn er sie liebt, aber sie verzeiht ihm und wird ihm das alles demnächst in einem Brief ins Internat schreiben. Dabei muss ich ihr helfen, weil ich im Briefschreiben besser bin als sie! Und über meinen Papa muss ich auch die Adresse vom Internat rauskriegen, denn Marcel hat leider vergessen, sie ihr zu sagen. Hätte ich sagen sollen, dass ich trotzdem bei meiner Meinung bleibe? Das hätte doch wieder bloß Tränen und Streit ergeben und zur Aufkündigung unserer Freundschaft geführt. Außerdem dachte ich mir plötzlich: Wer weiß, vielleicht hat Lilli Recht! Ich kenne doch den Marcel kaum, also kann ich nicht wirklich beurteilen, welche Gefühle er für Lilli hat. Oder gehabt hat. Und das riesige Lebkuchenherz mit »Für immer dein« in Zuckergussschrift baumelt ja wirklich in Lillis Zimmer vom Fensterriegel! Und warum sollte der Kerl jemanden dreimal richtig küssen, der ihm bloß auf den Keks geht? Also brachte ich keine Einwände gegen Lillis Sicht der Sache vor und versprach sogar, ihr beim Brief an Marcel zu helfen; wobei ich hoffte, dass es bis »demnächst« noch lange hin sein wird.

15. Kapitel

in welchem ich Angst um Armins Seelenheil habe und keine andere Lösung dafür sehe, als einen diskreten Plan zu entwickeln.

Die ersten paar Wochen eines Schuljahres sind ja immer einigermaßen stressfrei, dieses Jahr waren sie allerdings chaotisch, weil der »provisorische Stundenplan«, den uns die Dr. Bär am ersten Schultag auf die Tafel geschrieben hatte, total vermurkst war. Meinten wir, nun Englisch bei der Mausi zu haben, kam der Schöne Rudi in die Klasse und sagte kokett: »Es hat sich eine Änderung in der Lehrerverteilung ergeben, ihr müsst leider mit mir vorlieb nehmen.« War Religionsstunde angesagt, erschien die Dr. Schmitz und jammerte: »Kinderchen, so eine schreckliche Mischkulanz! Der Kollege Fink wurde irrtümlich für zwei Klassen gleichzeitig eingeteilt!« Und jeden Tag kam einmal ein unkundiges Beiwagerl als Vertretung für einen angesagten, anderswo eingesetzten Lehrer, und da Vertretungen keine Hausaufgaben austeilen, hatten wir ein ruhiges Leben.

Am Montag der zweiten Schulwoche dann kam im Fernsehen der erste Armin-Spot. In sämtlichen Werbeblöcken, auf allen Sendern mit guten Einschaltquoten. Das hatte zur Folge, dass am Dienstag in den Pausen Schüler aus anderen Klassen zu uns reinkamen und von

Armin Autogramme haben wollten. Armin schrieb verlegen seinen Namen auf Notizblockzettel, was einem Mädchen aus der ersten Klasse gar nicht gefiel. Sie sagte: »Du solltest dir Autogrammkarten mit einem Foto von dir drucken lassen.«

»Sonst noch was?«, fragte Armin leicht genervt. Das Mädchen kapierte die Ironie nicht und antwortete: »Falls es ein Video von deiner Werbung gibt, hätte ich das klaro auch gern.«

Der Armin-Spot war wirklich zum Zerkugeln: Armin steht mit einem leeren Einkaufswagen und einer Einkaufsliste in einem Deli-Supermarkt am Ende eines Gangs zwischen zwei Regalreihen. Er schaut auf seine Einkaufsliste, dann schaut er sich ratlos suchend um, wobei er die Griffstange vom Einkaufswagen loslässt. Der Einkaufswagen rollt den Gang runter, und wie von Zauberhand geworfen flitzen aus den Regalen Sachen in ihn rein. Als der Wagen am Ende des Ganges stehen bleibt, ist er randvoll. Armin watschelt verdutzt mit seiner Einkaufsliste den Gang runter, kommt zum voll gepackten Einkaufswagen, schaut zwischen Wageninhalt und Einkaufsliste hin und her und her und hin, nickt zufrieden und schiebt den Wagen Richtung Kasse, während eine Stimme sagt, dass »Deli-Supermärkte« das Einkaufen »superleicht« machen.

Was an dem Spot so lustig war, war aber beileibe nicht die simple Geschichte, sondern einzig und allein Armin. Sein komischer Watschelgang, sein ratloser Silberblick, sein kleines Wabbelbäuchlein und sein Hasenzahngrinsen von einem Henkelohr bis zum anderen! Irgendwie irritierte mich das. Abgesehen von den goldfischfarbigen Kleiderbürstenhaaren war er im Werbespot kein bisschen anders, als er im wirklichen Leben immer gewesen ist. Warum, fragte ich mich, finden alle, die ihn bisher nicht leiden konnten, nun den Bildschirm-Armin liebenswert witzig? Worüber sie sich beim Ansehen vom Spot zerkugeln, darüber hätten sie sich jahrelang täglich in der Schule bei seinem Anblick freuen können! Antwort auf diese Frage weiß ich übrigens bis jetzt keine, denn die Erklärung, die mir meine Mama geliefert hat, nämlich, dass sie Armin eben »gut verkauft« hat, reicht mir nicht. Lilli hätte mir es vielleicht erklären können, hätte sie sich die Mühe gemacht, darüber nachzudenken, denn ihre arminmäßige Trendwende war gigantisch! Von Wappler, von der 15-Watt-Leuchte, von Klotz am Bein, von Stinke-Depp war bei ihr nun keine Redc mehr. Er war für sie »unser Armin« geworden. Natürlich verkniff ich mir nicht, sie zu fragen, warum sie ihre Meinung über Armin so radikal geändert hat. Aber Lilli behauptete einfach, nicht sie hat ihre Meinung geändert, Armin hat sich geändert! Als Beweis führte sie an, dass er jetzt auch nicht mehr stinkt und rechnen kann. Und überhaupt! Richtig unsympathisch ist er ihr nie gewesen! Einmal fragte sie mich sogar, ob ich den Brief mit den »süßen Herzchen« noch habe, den ihr Armin aus dem Grippekrankenbett geschrieben hat. Den würde sie nämlich gern zurückhaben! Der Brief lag zwar immer noch in einer meiner Schreibtischladen, aber ich behauptete, dass ich ihn längst weggeworfen habe.

Apropos Brief: Die Adresse von Marcels Internat in

Deutschland hatte ich bei meinem Papa, wie von Lilli gewünscht, erfragt. Aber als ich ihr den Zettel mit der Internatsadresse gab, murmelte sie bloß »Danke« und steckte ihn ein. Darum, dass ich ihr beim Briefschreiben an Marcel helfe, bat sie mich nicht. Und dass sie den Brief allein geschrieben hat, glaube ich nicht. Das hätte sie ja spät am Abend tun müssen, denn wir waren nun wieder den ganzen Tag zusammen, zuerst nach der Schule entweder bei Lilli daheim oder bei mir daheim, und ab Ende September dann beim Armin daheim. Lillis Mama und meine Mama hatten nämlich mit Armins Mutter ausgemacht, dass wir bei ihr von Montag bis Freitag Mittagessen bekommen. Weil Lilli und ich zu Mittag unbedingt »etwas Warmes in den Magen« brauchen und wir uns als Selbstversorger angeblich ungesund verköstigt hatten; was lächerlich ist, denn die Schulfraßmenüs waren garantiert nicht gesünder als unsere Mittagshappen aus dem Eisschrank. Angies Futter war aber tadellos, für uns Schulesser direkt paradiesisch gut! Allerdings mampfte ich immer etwas schuldbewusst, weil sich Angie schrecklich abhetzen musste, um uns um ein Uhr »etwas Warmes« auf den Küchentisch zu stellen. Bis zwölf Uhr war sie in der Buchhandlung, für den Heimweg brauchte sie fünfzehn Minuten, also blieb ihr bloß eine halbe Stunde zum Kochen. Lilli gab ihr den Ehrentitel »Zwei-Hauben-Blitzköchin« und Armin freute sich scheckig darüber, dass Lilli und mir das Essen seiner Mama so gut schmeckte. Lobten wir ihre Kochkunst, strahlte er, als habe er selber gekocht.

Zuerst hatte ich mich gefreut, dass Lilli nichts gegen

Armin als »Dritten im Bunde« hat, aber so langsam machte mich ihre neue Zuneigung zu ihm nervös. Wenn Armin werbeboymäßig einen Termin hatte, was jetzt meistens nur einmal die Woche vorkam, wollte sie unbedingt, dass wir ihn begleiten. Schlug ich ihr vor, ins Schwimmbad zu gehen, sagte sie: »Aber nur wenn Armin auch mitkommt!« Plötzlich hörte sie begeistert CDs von Konstantin Wecker, weil Armin ein Wecker-Fan ist. Obwohl Lilli doch immer ein eingleisiger Technofreak war! Sie versuchte sogar, Bücher zu lesen, was ihr allerdings nicht so recht gelingen wollte. Jeden Tag borgte sie sich vom Armin ein neues Buch aus, gab es ihm am nächsten Tag zurück und fragte, ob er nicht etwas Spannenderes hat. Armin dürfte nämlich bisher seine gesamte Freizeit mit Lesen verbracht haben. In seinem Zimmer hat er auf etlichen Regalen zusammengerechnet mehr als neun Meter Literatur. Mit Armin Mathe zu lernen, bot sich Lilli auch an. Aber das lehnte er dankend ab und nahm im Bedarfsfall weiterhin mich als Nachhilfelehrerin.

Ein schlechtes Gewissen, Armin früher fies behandelt zu haben, hatte Lilli auch nicht. Im Gegenteil! Einmal, als wir von Armin heimgingen, sagte sie sogar: »Irgendwie hat er eigentlich alles mir zu verdanken. Hätte ich daheim nicht gemogelt, dass ich Mitleid mit ihm habe, hätte meine Mama mit Angie nicht Freundschaft geschlossen, Angie und Armin wären nicht mit uns nach Sardinien gefahren, deine Mama hätte Armin gar nicht zu Gesicht bekommen, und er wäre nie im Leben Deli-Boy geworden!«

Ich erhob keinen Einspruch, obwohl das verquer gedacht ist, und wenn man so verquer denkt, kann man genauso gut behaupten, dass er mir »alles zu verdanken« hat, denn hätte ich Marcel nicht von Lillis Supercoup erzählt, wäre nichts aufgeflogen, Armin hätte ein Genügend bekommen und wäre für Lilli und mich immer noch Stinke-Armin von der Hinterbank, der uns rein gar nichts angeht. Und überhaupt: Sicher, dass Armin irgendwem irgendwas »zu verdanken« hatte, war ich mir nicht. Okay, er verdiente Geld und war in der Schule zur »Berühmtheit« geworden, welche laut meiner Mama sein Selbstwertgefühl stärkte. Mein Selbstwertgefühl würde es aber sicher nicht stärken, wenn sich Fernsehglotzer zerkugeln, weil ich komisch aussehe. Oder doch? Vielleicht würde ich mir denken und vielleicht denkt Armin das auch: Anders aussehen kann ich sowieso nicht, also freue ich mich, dass ich die Leute unterhalte! Dass sie über mich lachen, ist immer noch besser, als wenn sie mich ignorieren!

Lillis üppig zur Schau gestellte Zuneigung zu Armin beunruhigte mich von Woche zu Woche zunehmend. Man kann zwar nur einmal im Leben Masern, Windpocken oder Scharlach kriegen, aber man kann sich zweimal in ein und dieselbe Person verlieben! Und dass ein neuerlich in Lilli verliebter Armin irgendwann wieder stundenlang schwimmen und seinen Kummer ins Wasser pusten müsste, war leicht vorauszusehen. Spätestens wenn Armins »Berühmtheit« Schnee von gestern sein würde, sagte ich mir, wird Lillis Interesse an ihm genauso Schnee von gestern sein und Armin wieder todunglücklich. Die Wasserpusterei wollte ich Armin diesmal unbedingt ersparen. Aber ich wollte auch meine wiedererlangte harmonische Beziehung zu Lilli nicht gefährden, und sanfte Hinweise darauf, dass sie Armin zu falschen Hoffnungen verleitet, schmetterte Lilli unbekümmert ab.

»Dir kann ich auch nichts recht machen«, sagte sie lachend, »zuerst war dir nicht recht, dass ich unfreundlich zu ihm war, und jetzt passt dir nicht, dass ich freundlich zu ihm bin! Gar nicht zu ihm zu sein, geht ja schwer, wenn wir jeden Tag zusammen sind!«

Wenn ich dann sagte, dass sie aber mehr als nur »freundlich« zu ihm ist, erklärte sie: »So bin ich halt! Ich bin spontan und offen, und zu Menschen, die ich gern mag, bin ich eben besonders nett!«

Ließ ich nicht locker und beharrte darauf, dass sie nicht »nett« zu Armin ist, sondern alles daransetzt, dass er sich wieder in sie verliebt, fragte sie schnippisch: »Wer sagt dir, dass er überhaupt aufgehört hat, in mich verliebt zu sein?«

Natürlich hätte ich ihr sagen können, dass mir Armin das selbst gesagt hat, und hätte ihr von seiner stundenlangen, traurigen Pusterei ins Meer erzählen können. Das tat ich nicht, weil ich sicher war, es wäre Armin nicht recht gewesen. So zuckte ich bloß mit den Schultern, und Lilli hielt das für Zustimmung und rief zufrieden: »Na eben!«

Für den letzten Samstag im Oktober hatten uns die Tannebergs zum Abendessen nach Baden eingeladen. Ein »italienisches Dinner«, als Erinnerung an Sardinien, sollte es für uns geben. Ich hatte abgelehnt, nach Baden mitzukommen, denn mit vier Oldies am Tisch zu sitzen und ohne zu gähnen ihren Gesprächen zu lauschen war mir zu anstrengend. Mein Papa und meine Mama sahen das ein und schwindelten den Tannebergs vor, dass ich an diesem Tag leider zu einer Geburtstagsparty bei einem Schulfreund eingeladen bin. Doch zwei Tage vor dem italienischen Dinner erzählte mein Papa, als er aus dem Ministerium heimkam, dass Marcel seit vorgestern wieder daheim in Baden ist.

»Den jungen Herrn haben sie hochkantig aus dem Internat rausgeworfen«, sagte mein Papa. »Er ist nicht integrierbar in eine Gemeinschaft, behauptet die Schulleitung.«

»Und was tun sie jetzt mit ihm?«, fragte meine Mama. »Ein anderes Internat suchen? Eines, wo sie so viel blechen müssen, dass die Schulleitung den Kerl für integrierbar hält?«

»Das werden wir unter Garantie übermorgen erfahren«, antwortete mein Papa. Dann seufzte er tief und sagte: »Der arme Kurtl ist wirklich gestraft mit diesem Exemplar von einem Sohn, das hat er nicht verdient.«

»Jeder verdient die Kinder, die er hat«, sagte meine Mama, und ich sagte: »Ich habe es mir überlegt! Ich komme doch zum Abendessen nach Baden mit.«

»Habe ich mir fast schon gedacht«, murmelte meine Mama.

Ich erzählte Lilli und Armin am Freitag, dass ich morgen am Abend mit meinen Eltern nach Baden fahre, zu den Tannebergs, auf ein »italienisches Erinnerungsdinner«.

Dass Marcel wieder daheim ist, sagte ich nicht. Lilli wunderte sich, dass ich diese »Affentortur« auf mich nehme. Mir fiel als Erklärung ein, dass die Tannebergs zwei Katzen haben und ich die schon lange besichtigen wollte. Das nahm mir Lilli ab. Weil ich wirklich eine Katzenliebhaberin bin und mir kein Katzenvieh ungestreichelt entkommt.

»Wahrscheinlich sind die Katzen die gleichen Kotzbrocken wie ihre Besitzer«, sagte Lilli und redete dann flugs von etwas anderem.

Beim Mittagessen fragte mich Armin, ob er mir vielleicht zu Weihnachten eine Katze schenken darf, wenn ich Katzen so gern habe. Angie war von der Idee begeistert und sagte, dass eine Buchhandlungskundin von ihr zwei süße Herbstkatzen exakt um Weihnachten herum zu vergeben hätte. Da man mit vollem Mund nicht reden soll und meiner gerade voll Grießschmarren war, konnte ich nicht antworten, und bevor ich runtergeschluckt hatte, sagte Lilli: »Wenn Marlen eine Katze haben dürfte, hätte ich ihr doch längst eine geschenkt, Darling! Ihre Alten wollen keine im Haus haben.«

Dass Lilli nun schon »Darling« flötete, was Angie übrigens lieb lächelnd zur Kenntnis nahm, brachte in meinem Kopf ein Dutzend Warnlämpchen zum Blinken. Ich dachte: Warten, bis auch Armin Lilli »Darling« nennt, darf ich nicht, dann wäre es zu spät für meinen Plan. Ich muss die Sache durchziehen, bevor er wieder heillos in sie verknallt ist!

Das Tanneberg-Haus ist fast ein Schloss. Mit Erkern, Türmchen und Terrassen. Meine Mama motzte zwar, bevor uns Spezialkumpel Kurtl die Tür öffnete, dass das Haus wie aus Legosteinen gebaut aussieht und sie nur noch drauf wartet, dass Barbie und Ken von einer Terrasse winken, und mein Papa sagte, dass es halt nicht nur neureiche Leute, sondern auch neureiche Häuser gibt, aber mir gefiel das Fast-Schloss gut. Von innen noch besser als von außen! Tannebergs haben im Keller eine Sauna, in der eine ganze Fußballmannschaft Platz hat, und im Erdgeschoss eine gläserne Halle mit einem Schwimmbecken, das jeder Kleinstadt als öffentliches Bad alle Ehre machen würde. Einen riesigen Wintergarten mit Palmen und anderem tropischen Grünzeug haben sie natürlich auch! In diesem Wintergarten war für uns der Tisch gedeckt. Und in der Küche, die so groß ist wie eine Sozialbauwohnung für vier Personen, waren zwei weiß beschürzte Frauen am Werken und sagten glatt, als wir einen Blick in die Küche warfen: »Küss die Hand, die Herrschaften.«

Meine Mama flüsterte mir grinsend zu: »Schlecht erzogenes Personal, die haben versäumt einen Hofknicks zu machen!« Dann ging Spezialkumpel Kurtl mit meinem Papa in den Weinkeller, um zum Essen passende Flaschen auszusuchen, und Mama Tanneberg führte meine Mama und mich in einen Wohnsalon, der einer Fünf-Sterne-Hotelhalle nicht unähnlich ist. Wir nahmen in riesigen Lehnstühlen der antiken Sorte, krummbeinig und gestreift-geblümt brokatbezogen, Platz, meine Mama bekam als Aperitif ein Glas Champagner, ich ein Glas frisch gepressten Granatapfelsaft, und Mama Tanneberg sagte, wie sehr sie sich freut, uns hier zu haben. Ich glaube, das war nicht gemogelt, sie freute sich wirklich. Ich trank das Glas Saft leer und dachte enttäuscht: So ein Shit! Jetzt bin ich umsonst mitgefahren, Marcel ist gar nicht daheim!

Doch da sagte Mama Tanneberg: »Ich bitte um Entschuldigung, dass euch unser Sohn nicht begrüßt. Er hat sich seit gestern in sein Zimmer eingesperrt und schmollt!« Sie schaute total verzagt. »Er war immer so ein sonniges, humoriges Kerlchen, und jetzt ist er völlig down. Wir hätten ihm dieses Internat nicht antun dürfen, das hat ihn fertig gemacht. Aber seine Lehrer haben uns halt dazu geraten.«

Meine Mama weiß komischerweise sehr oft, was ich will, ohne dass ich es ihr gesagt habe, und steht mir dann netterweise bei. Und so sagte sie jetzt: »Na, vielleicht kann ihn Marlen rauslocken.«

»Das wäre traumhaft, mein Schatz!«, rief Mama Tanneberg und erklärte mir die Lage von Marcels Zimmer.

Also machte ich mich auf den Weg, der kein kurzer war. Zuerst in die so genannte »Halle« zurück, dann über eine breite Treppe – so eine, wie ich sie bisher bloß in alten US-Filmen mit Revuestars drauf gesehen hatte – in den ersten Stock hinauf und einen langen Gang mit vielen Türen hinunter, bis zur letzten Tür auf der linken Seite, auf die ein großes Emailschild mit einem Hundeschädel und der Aufschrift »Achtung, scharfer Hund« genagelt war. Neben der Tür, auf einem Tischchen, stand ein Tablett, auf dem waren unter Frischhaltefolie ein Teller mit Sandwiches und einer mit Kuchenstücken und drei Dosen Coke.

Ich klopfte an die Tür und sagte: »Ich bin's, Marlen! Lässt du mich rein, oder muss ich wieder abdampfen?«

»Nur immer rein in die gute Stube!«, rief Marcel. »Ich hab die Tür für dich schon aufgesperrt!«

Marcels »gute Stube« war kein Zimmer, es war eine kleine Wohnung mit Schlafzimmer, Wohnzimmer, Balkon, Bad und WC. Und ich, derartigen Luxus nicht einkalkulierend, hatte mich schon gefragt, wie man rund um die Uhr in einem Zimmer eingeschlossen seine Notdurft verrichtet!

Marcel saß, nur mit Boxershorts bekleidet, in einem schneeweißen Ledersessel, von den Siamkatzen flankiert, die auf den Armlehnen hockten. Als ich mit dem Sandwich-Kuchen-Coke-Tablett ins Luxusapartment reinkam, sprangen die Katzen von den Armlehnen, flitzten durch das Zimmer und zur offenen Tür auf den Balkon raus.

»Die Viecher sind nicht gesellig«, sagte Marcel seufzend. »Ich bin es im Moment auch nicht. Der Trottelverein hat mich erschöpft.«

Ich stellte ihm das Tablett auf die Oberschenkel. »Dann iss mal brav«, sagte ich. »Essen hilft gegen Erschöpfung.«

Er zog die Frischhaltefolie vom Tablett, besah die Sandwiches, seufzte und murmelte: »Dass ich einmal keine Lust auf Essen haben könnte, hätte ich nicht gedacht.«

»War es so schlimm?«, fragte ich.

»Noch schlimmer«, antwortete er.

»Jetzt hast du es ja hinter dir«, sagte ich.

»Überhaupt nicht«, sagte er. »Sie suchen garantiert schon ein anderes Internat für mich. Wahrscheinlich ein Kloster mit einer hohen Mauer herum.«

Ich schüttelte den Kopf. »Glaube ich nicht!« Dann erzählte ich ihm von seiner bekümmerten Mama, die sich Vorwürfe macht, dass sie ihm das Internat angetan hat. Diese Mitteilung verschaffte Marcel Appetit. Er nahm eines der belegten Brote, stopfte es sich in den Mund und sagte kauend: »Was könnten sie denn sonst mit mir machen?«

»Private Matura-Schule, nehme ich an!«, sagte ich. »Gehen doch alle hin, die keine Schule mehr aushalten!« Länger wollte ich aber bei diesem Thema nicht bleiben, denn schrecklich viel Zeit, meinen Plan in die Wege zu leiten, hatte ich nicht. Wäre ja jederzeit möglich gewesen, dass Mama Tanneberg andampft und ihren Sohn anfleht, an die Abendbrottafel zu kommen, und er ihr zu Willen ist. Also ging ich zielstrebig vor und sagte: »Lilli war sehr traurig, dass du dich bei ihr nicht mehr gemeldet hast.«

Marcel schnappte sich ein zweites belegtes Brot, verschlang es und sagte: »Sag ihr, dass es mir Leid tut.«

»Warum sagst du es ihr nicht selbst?«, fragte ich.

Zuerst seufzte Marcel ein bisschen herum, dann erklärte er mir, wobei er den Sandwich-Teller ratzeputz leer fraß, dass die Sache mit Lilli leider »blöd gelaufen« sei. Weil er in Baden schon eine Freundin gehabt hatte, und als er von Sardinien wieder daheim gewesen ist, hat er dieser Freundin doch nicht sagen können, dass er im Urlaub mit Lilli »was angefangen« hat. Und Lilli hat er nicht sagen wollen, dass er eine Freundin hat, die »ältere Anrechte auf ihn« hat. Seiner Clique hat er auch nicht sagen können, was mit Lilli und ihm gewesen ist, denn die

Clique hätte es seiner Freundin gesteckt, und so hat sich die Clique über Lilli lustig gemacht,wenn sie ins Bad gekommen ist. Und seine Eltern haben seine Freundin gern gehabt, und darum hat er so getan, als würde er Lilli ohnehin nicht mögen. Und er hat sich zu keiner Entscheidung durchringen können, weil er erstens den Kopf mit dem drohenden Internat voll hatte und zweitens überhaupt keiner ist, dem Entscheidungen leicht fallen. Aber die Freundin gibt es jetzt nicht mehr, die hat sich, während er weg war, seinen besten Freund angelacht, was ihn nicht schrecklich stört, weil, so schwer verliebt war er in sie auch wieder nicht.

Ich hörte mir seinen Bericht an, als er damit fertig war, fragte ich: »Würdest du dich gern wieder mit Lilli treffen?«

»Hätte nichts dagegen.« Marcel grapschte sich ein Kuchenstück. »Sie ist ein super Mädchen. War nett mit ihr.« Wahnsinnig begeistert klang es nicht gerade, aber heftige Gefühlsausbrüche sind von einem wie Marcel auch nicht zu erwarten.

»Dann ruf sie doch an!«, schlug ich vor und hoffte, dass es nicht allzu drängend klang.

»Könnte ich demnächst wirklich machen.« Marcel schleckte Kuchenbrösel von seinen Fingern. »Ist gar keine schlechte Idee.«

»Warum nicht gleich?«, fragte ich.

»Gleich? Du meinst – jetzt gleich?« Marcel schaute mich verwundert an. »Warum jetzt gleich?«

»Damit sie sich keinen anderen anlacht«, sagte ich und fand, dass das nicht gelogen war, sondern den Tatsachen entsprach.

»Ist diesbezüglich Gefahr in Verzug?« Marcel reichte mir eine Coke-Dose und nahm sich auch eine.

Ich nickte. Marcel tat einen Miniseufzer, trank einen Schluck Coke, tat wieder einen Miniseufzer und fragte: »Ist sie nicht sauer auf mich? Ich red nicht gern mit wem, der sauer auf mich ist.«

»Je länger du wartest, umso saurer wird sie!«, sagte ich. Dann nahm ich das Schnurlostelefon vom Couchtisch, tippte Lillis Handynummer ein, drückte es Marcel in die Hand, stand auf und ging aus dem Apartment. Ich lehnte mich neben der Tür an die Wand und fragte mich bang: Drückt er die Aus-Taste? Oder redet er mit Lilli? Richtig aufgeregt war ich. Und gleich darauf unheimlich erleichtert, als ich Marcel hinter der Tür deutlich sagen hörte: »Hallo, Lilli, ich bin wieder im Lande.« Das reichte mir. Mehr wollte ich gar nicht erlauschen. Ich lief den Gang zur breiten Treppe hin, hopste die Stufen runter und dachte zufrieden: Mehr kann ich nicht tun!

Eine der Frauen, die wir in der Küche gesehen hatten, trug gerade »Antipasti« auf, als ich in den Wintergarten kam. Ich setzte mich zwischen Mama Tanneberg und meinen Papa. Mama Tanneberg fragte mich besorgt: »Hast du mit ihm geredet? Wie geht es ihm denn?«

»Gar nicht schlecht«, sagte ich.

»Hat er ein bisschen von den Broten gegessen, die ich ihm vor die Tür gestellt habe?«, fragte die Antipasti-Serviererin.

»Alles restlos verputzt«, antwortete ich. »Den Kuchen und die Coke auch!«

»Na dann –«, rief Papa Tanneberg beglückt, »– dann kommt ja vielleicht bald wieder alles ins Lot!«

Ich nickte zustimmend, wobei ich allerdings etwas anderes im Sinn hatte als Papa Tanneberg.

Kurz darauf kam Marcel, immer noch in Boxershorts, in den Wintergarten, gesellte sich zu uns, tat, als sei zwischen ihm und seinen Oldies keinerlei Zwist gewesen, mampfte den Rest der Antipasti weg und beteiligte sich hinterher ausufernd an der Lasagne und der Creme Caramel. Wie ein Mensch so viel futtern und dabei so dünn sein kann, ist ein medizinisches Wunder!

So ganz nebenbei sagte Marcel bei der zweiten Portion Creme Caramel zu Mama und Papa Tanneberg: »Wenn's recht ist, geh ich ab nächste Woche in eine Matura-Schule. Marlen sagt, dort gehen alle hin, die Schule nicht aushalten.«

Mama Tanneberg bekam vor Freude feuchte Augen, die sie sich mit der Serviette trockenwischte, und Papa Tanneberg strahlte wie ein Christbaum in Festbeleuchtung und rief: »Ich hab ja immer gesagt, dass unser Marcel ein kluges Kerlchen ist und vernünftig werden wird!«

Wir kamen knapp vor Mitternacht heim, ich wankte gähnmüde ins Bett und schlief sofort ein. Kaum zehn Minuten später klingelte mich mein Handy, das auf dem Nachttisch lag, wieder munter. Verschlafen meldete ich mich und Lilli rief: »Na endlich bist du daheim! Ich ruf schon zum hundertsten Mal an!«

»Um was geht es?«, gähnte ich ins Handy. Obwohl mir klar war, um was es ging!

Lilli sprudelte los. Dass Marcel sie angerufen hat! Und dass er sie noch genauso liebt wie in Sardinien! Und dass sie das glücklichste Mädchen des ganzen Universums ist! Und dass ihr Papa jetzt einsehen wird, dass sie nicht wie der Flocki hinter einem herrennt, der sie gar nicht mag! Und dass ihre Mama kapieren muss, dass sie sehr wohl Wirklichkeit und Wunschträume auseinander halten kann. Sie sagte noch viel mehr, doch ich war so verschlafen, dass ich mich nicht mehr daran erinnere. Aber zum Schluss, das weiß ich noch, fragte sie: »Hat er dir eigentlich gesagt, dass er mich anruft?«

Wahrheitsgemäß antwortete ich: »Hat er nicht!«

Damit war Lilli endlich zufrieden. Sie wünschte mir eine gute Nacht und wunderschöne Träume und drückte die Aus-Taste.

Seither sind drei Wochen vergangen. Lilli geht mit Armin und mir nach der Schule immer noch zu Angie essen, aber nachher haut sie meistens ab und trifft Marcel, der den Nachmittagsunterricht in der Matura-Schule schwänzt, weil er findet, dass ihn der Vormittagsunterricht bereits komplett erschöpft hat. Dass ich ihre Versöhnung mit Marcel eingefädelt habe, weiß sie bis heute nicht. Es gibt keinen Grund, ihr das zu sagen. Außerdem: Vielleicht hätte Marcel sie am nächsten oder übernächsten Tag sowieso von selbst angerufen. Jedenfalls ist Lilli glücklich. Wie lange sie es bleiben wird, weiß ich natürlich nicht. Und Armin hat es gerade noch gepackt! Er hat zwar sehr traurig geschaut, als ihm Lilli am Montag nach dem Anruf von Marcel gleich am Morgen in der

Schule strahlend erzählt hat, dass sie mit Marcel wieder »ein Paar« ist und »im siebenten Himmel schwebt«, aber auf meine diskrete Frage, ob wir am Nachmittag ins Schwimmbad gehen sollen, hat er »Danke, nicht nötig« gesagt.

Und meine Mama hat gestern gesagt, dass ich mich von Lilli »emanzipiert« habe und dass sie sich darüber freut. Kann sein, dass sie Recht hat. So viel wie früher lasse ich mir von Lilli nicht mehr gefallen, ich überlege mir bei allem und jedem auch nicht mehr, ob es Lilli recht sein wird. Aber daran, dass sie mein »astrologischer Zwilling« ist und für mich einer der wichtigsten Menschen auf der Welt, daran beißt keine Maus einen Faden ab!